Ansgar Sittmann
Ein glasklarer Mord

Ansgar Sittmann, seit über zwanzig Jahren glücklich mit Heike verheiratet und stolzer Vater von Linda und Eric, ist am 10. November 1965 in Trier geboren. Dass er wegen seines Berufs zum Weltenbummler geworden ist und nach Aufenthalten in Brüssel, Islamabad, Paris und Washington DC nun wieder in Berlin lebt, liegt sicher an seinem ersten Auslandsaufenthalt und den prägenden Jahren in Fontainebleau von 1977 bis 1981. Die Verbundenheit zur Heimat ist ungebrochen, weswegen seine Hauptfigur, der Berliner Privatdetektiv Castor L. Dennings, immer wieder an der Mosel ermittelt.

Ansgar Sittmann

Ein glasklarer Mord

Originalausgabe
© 2014 KBV Verlags- und Mediengesellschaft mbH, Hillesheim
www.kbv-verlag.de
E-Mail: info@kbv-verlag.de
Telefon: 0 65 93 - 998 96-0
Fax: 0 65 93 - 998 96-20
Umschlaggestaltung: Ralf Kramp
unter Verwendung von:
© Gordon Bussiek · www.fotolia.de
Druck: Aalexx Buchproduktion GmbH, Großburgwedel
Printed in Germany
ISBN 978-3-95441-168-9

Für meine Eltern

1. Kapitel

Na, Liebeskummer? Kann ich dir einen ausgeben?«
Das *Fireplace* lag in der Nähe des Alexanderplatzes –
unscheinbar und unattraktiv zwischen Supermarkt und Sieb-
zigerjahre-Wohngebäude. Die schwarz getönten Scheiben,
die keinen Blick in den Innenraum zuließen, waren nicht
sonderlich einladend für eine Gaststätte. Ein unnötiges Relikt
aus dunklen Zeiten, als Schwule noch gerne »175er« genannt
wurden und gleichgeschlechtliche Liebe geächtet war. Damals hatte man sich noch auf Bahnhofsklos treffen müssen –
oder eben in Kneipen wie dem *Fireplace*: Promiskuität als un-
gewollte Folge bürgerlicher Moralvorstellungen.

Ich nippte missmutig an meinem Pastis. Jedem Tierchen
sein Pläsierchen, *chacun à son goût*, aber freiwillig in einem
Anmachschuppen für Schwule? Niemals.

»Ich heiße Erich. Was trinkst'n du?«

Verdammt: Erich. Vorne Er, hinten Ich. Mieser Altherren-
witz, und trotzdem schoss er mir durch den Kopf. »Pastis«,
antwortete ich einsilbig.

»Riecht wie Ouzo«, meinte Erich und saß nun auf dem Barhocker neben mir.

»Schmeckt auch so ähnlich«, versuchte ich freundlich zu
antworten.

»Och! Tatsächlich? Detti«, rief er dem Barkeeper zu, »machste uns noch zwei von dem?« Dabei zeigte er auf mein Glas.

Nicht immer witzig, auf eigene Rechnung zu arbeiten, erst
recht nicht als Schnüffler, der ein schickes Büro mit schicker
Sekretärin in Mitte hatte und seit Wochen nur Kleinvieh bear-
beitete, das kaum Mist machte. Das Geschäftskonto, identisch
mit meinem Privatkonto, schwankte mittlerweile bedenklich.

Hasso von Stahlbeck, seines Zeichens Brandenburger Land-adel und darüber hinaus Geschäftsführer einer florierenden Anwaltskanzlei in Potsdam, hatte mir den unappetitlichen Auftrag beschert, seinen Spross Goetz zu observieren, der ihm nicht ganz koscher vorkam. Dabei hatte sich dieser gerade mit Charlotte verlobt, der Tochter von Rudi Urbanski, Gastronom und Lokalpolitiker auf dem Sprung in den Landtag.

Tja, und am anderen Ende der Theke saß dieser Goetz und turtelte mit einem etwa gleichaltrigen jungen Mann in engem T-Shirt, das dessen Muskulatur vorzüglich zur Geltung brachte.

»Prost ... äh ...?«

»Nenn mich Lemmy, Erich. Lemmy Caution. Stößchen.«

Erich spitzte beleidigt die Lippen. Er musste in meinem Alter sein, um die Sechzig. Nur hatte er den Kampf gegen den Hüftspeck offensichtlich viel früher aufgegeben, und sein Gesicht bildete ein nahezu perfektes Rund. Dann kannte er wohl die alten Krimis mit Eddie Constantine. *Tant pis.*

Goetz stand auf, strich seinem Gefährten über die Wange und ging in Richtung Toilette.

»Ah! In den hast du dich verguckt? Lemmy Caution!«

»Nichts für ungut, Erich.« Ich legte einen Zehneuroschein auf die Theke, gab Erich einen Klaps auf den Po und folgte Goetz, misstrauisch beäugt von dessen Freund.

Goetz schüttelte gerade länglich am Pissoir, als ich ihm auf die Schulter klopfte.

»Mann! Haben Sie mich erschreckt!« Im Spiegel sah er, wie ich ihn musterte. »Ich bin nicht interessiert, verstehen Sie?«

»Ich auch nicht, Goetz.«

»Wieso ... woher kennen Sie meinen Namen?«, fragte er verwundert.

»Von Ihrem Vater. Können wir reden? Draußen? Da riecht es angenehmer.«

Bevor Goetz antworten konnte, öffnete sich die Tür zur Toilette.

»Probleme, Goetz? Macht der Typ Ärger?« Der junge Mann im engen Shirt schaute mich eindringlich an.

»Nein. Danke, Samy, kein Grund zur Beunruhigung. Ich muss nur kurz mit ihm sprechen, draußen. Dann komme ich wieder.«

Unentschlossen ließ Samy seine Blicke zwischen mir und Goetz wandern. »Na gut. Ruf mich, wenn der Typ Stress macht.«

Wir verließen die Kneipe. Ich atmete tief durch. Ein traumhaft schöner Herbsttag an diesem 1. Oktober. Ich fischte eine Zigarette aus meiner Jacke und nahm einen kräftigen Zug.

»Also?«, fragte Goetz ungeduldig.

»Es gibt Menschen, die ein Problem damit hätten, wenn Sie schwul wären.«

Goetz lief rot an.

»Man hat mich beauftragt, das herauszufinden.«

»Wer?«

»Raten Sie mal. Sie sind verlobt mit einer hübschen, jungen Frau, deren Vater erfolgreicher Geschäftsmann und Politiker ist, und Sie selbst sind Jurist, als Anwalt im Kabinett Ihres Vaters tätig. Ein Bilderbuchensemble, oder? Southfork revisited. Selbst 2013 wäre Ihr Outing, gewollt oder ungewollt, ein Schlag ins Kontor für Ihnen nahestehende Menschen. In konservativen Kreisen rümpft man in solchen Fällen nicht nur heimlich die Nase.«

»Mein Vater? Mein eigener Vater lässt mich beschnüffeln? Ja?«

»Sie kombinieren voreilig. Es könnte auch Ihre Verlobte Charlotte sein. Ihr Schwiegervater in spe vielleicht. Oder jemand, der aus Ihren Neigungen Kapital schlagen kann, solange Sie nicht zu ihnen stehen und selbst alles verheimlichen.«

Goetz schüttelte ungläubig den Kopf. »Unfassbar. Ein Privatdetektiv lauert mir im *Fireplace* auf. Und jetzt, Herr ...?«

»Namen sind austauschbar«, antwortete ich. Der Junge tat mir leid, und ich wusste plötzlich nicht mehr, warum ich überhaupt hier stand. Warum dieses Gespräch? Ich wusste Bescheid. Der Auftrag war erledigt, ich konnte Bericht erstatten. Ein paar leicht verdiente Hunderter und einige Verlierer. Keine Gewinner. Mir war völlig egal, wer seinen Schniedel wo reinsteckte.

»Okay, okay, Sie wollen Geld, stimmt's? Schweigegeld?«

Ich griff nach einer weiteren Zigarette. Warum eigentlich nicht? Ob ich Geld von ihm oder seinem Vater bekam. Wo war der Unterschied? Im besten Fall bekam ich es von beiden.

»Geld, und Sie halten den Mund, einverstanden? Ich liebe Charlotte, und ich will sie auch heiraten. Manchmal brauche ich eben auch ...«

»Es reicht, ich bin nicht Ihr Beichtvater«, unterbrach ich ihn. »Leistung und Gegenleistung, Zug um Zug. Es war nicht meine Absicht, aber wenn Sie der Auffassung sind, mein Schweigen kaufen zu müssen und sich dann wohler fühlen, will ich Sie davon nicht abhalten.«

Der junge Mann öffnete seine Brieftasche und streckte mir zwei Hunderter entgegen. Ich nahm das Geld.

»Danke.«

»Und jetzt?«

»Und jetzt? Jetzt gehen wir beide nach Hause. Ich werde eine Flasche Bordeaux trinken und darüber nachdenken, ob ich käuflich bin. Und Sie machen Ihre Charlotte glücklich und stecken den Kopf in den Schönfelder. Und seien Sie vorsichtig. Sie sind angezählt.«

Goetz kniff die Lippen zusammen. »Ich weiß nicht, was ich von Ihnen halten soll.«

»Sagen Sie es mir nicht. Nur so viel: Sie sind keinen Deut besser. Verstehen Sie mich nicht falsch. Es interessiert mich nicht die Bohne, was Sie wann und wo wegstecken. Aber Sie bescheißen ein junges Mädchen, das sich vielleicht schon aufgeregt nach blütenweißen Brautkleidern umschaut. Entscheiden Sie selbst, wer von uns beiden integer ist. *On this happy note*, einen schönen Abend noch.«

Was für ein unbefriedigender Tag. Was für ein Job. Genau genommen waren es eben diese Jobs, die mich über Wasser hielten. Seit wie vielen Jahren schon? Ja, einen gewissen Namen hatte ich mir gemacht, weswegen immer wieder mal ein lukrativer Auftrag an mich herangetragen wurde. Zu selten, wie ich fand.

Ich lief Richtung Werderscher Markt. Eine Gruppe gelangweilter Punks mit gelangweilten Hunden saß am Straßenrand, den Blickkontakt zu Passanten suchend, die vielleicht ein paar Münzen locker machen würden. Es war einer dieser frischen Spätsommerabende, die das Ende der warmen Jahreszeit ankündigten. Die ersten Blätter verfärbten sich. Spätestens beim nächsten Regen würden die Baumkronen kahler werden. Eine beschissene Zeit für Obdachlose.

»Hey, haste mal 'n Euro?«, haute mich ein Mädchen an, das zu der bunten Gruppe gehörte.

»Brauchst du Geld für Gel?« Ich betrachtete ihre Frisur, die Haare, geformt zu gleichmäßigen Zacken, ragten gestärkt in den Abendhimmel.

»Idiot«, sagte sie und wollte abdrehen.

Ich hielt sie am dünnen Handgelenk fest. Zartgliedrige Finger, schwarz gefärbte Nägel, eine junge Haut. Wie alt mochte sie sein? Von zu Hause ausgebüchst, kaputtes Elternhaus?

Oder einfach nur gelangweilte Göre auf der Suche nach Abenteuern? Beides war denkbar, beides überflüssig.

»Warte, war nicht so gemeint.« Ich griff nach meinem Geldbeutel und zog einen Fünfer raus. »Hier.«

»Die Firma dankt, wa«, sagte sie leicht verdutzt und kehrte zu ihren Freunden zurück.

Zwanzig Minuten später hatte ich mein Büro erreicht. Nathalie war schon gegangen. Auf meinem Schreibtisch lag ein Zettel, auf dem sie die Anrufe notiert hatte, die während meiner Abwesenheit eingegangen waren. *Bis morgen, Nathalie.* Nachdenklich schob ich die letzte CD von Robbie Robertson in meine in die Jahre gekommene Stereoanlage. Die Lautsprecherboxen waren viel zu groß für dieses zwanzig Quadratmeter große Zimmer. Sie passten auch nicht zum Rest des Inventars. Aus Übermut hatte ich mir einen viel zu teuren Mahagoni-Schreibtisch zugelegt sowie einen Schreibtischstuhl, den wahrscheinlich sonst nur Spitzenmanager ihr Eigen nannten. Ein ergonomisches Wunderwerk. Seit Monaten schmerzte mein Rücken. »Sie haben ein Hohlkreuz«, hatte Nathalie bemerkt. Irgendwie hatte mich diese Aussage beruhigt, lieferte sie doch die unabweisbare Erklärung für die kleine Wampe, die ich trotz regelmäßigen Bauchmuskeltrainings vor mir hertrug. *How to become clairvoyant* hieß die Scheibe. Ich öffnete eine Flasche Rotwein, trank einen Schluck und setzte mich in meinen Wunderstuhl. Der Rücken entspannte sofort. Ich schloss die Augen und atmete tief durch.

Nathalie. Seit ein paar Wochen nutzte sie jede Gelegenheit, mir aus dem Weg zu gehen. War mit den Jahren möglicherweise zu viel Nähe entstanden, dass sie mein Handeln mittlerweile mit anderen Augen betrachtete? Ich dachte angestrengt nach, welcher Anlass zu ihrer plötzlichen Ablehnung geführt hatte. Mir fiel nichts ein, und fragen wollte ich nicht. Es musste am monotonen Gesang von Robertson liegen, dass ich langsam wegdämmerte. Ohne die Flasche geleert zu haben. Ohne letzte Zigarette.

* * *

»Huch, Sie haben hier geschlafen?«

Mein Anblick musste jämmerlich sein. Sie musterte verstört mein unrasiertes, ungewaschenes Gesicht.

»Oh, sorry«, ich nahm die Füße vom Tisch und streckte mich, »guten Morgen, Nathalie.«

Halb neun. Ich hatte zehn Stunden geschlafen.

»Kater?«, fragte sie einsilbig.

»Nein. Ich hatte nur ein paar Pastis und einen Schluck Rotwein. War wohl einfach nur müde.«

Sie schüttelte den Kopf und verschwand ohne ein weiteres Wort ins Vorzimmer. Mit der Laus, die ihr über die Leber gelaufen war, hätte ich gerne ein Wörtchen gesprochen. Immerhin hörte ich, wie das Wasser der Kaffeemaschine seinen Weg in die Kanne fand und genoss den Duft der gemahlenen Bohnen. Ich ging ans Fenster, schaute auf die Straße und zündete eine Zigarette an. Die erste am Morgen war immer die Beste. Überhaupt bot der Morgen weit mehr, als jeder notorische Langschläfer vermuten konnte. Leere Straßen, ein außergewöhnliches Licht, frische Brötchen und Zeitungen, einen Neuanfang, eine Latte, gerne mit dem Präfix Morgen beschrieben. Warum zum Teufel musste ich bei meinen philosophischen Betrachtungen plötzlich an Goetz und Hasso von Stahlbeck denken? Pflichtbewusstsein wohl, hoffte ich und griff zum Telefon, nachdem ich die Zigarette auf den Bürgersteig geschnippt hatte.

»Von Stahlbeck«, hörte ich die schneidende, strenge Stimme am anderen Ende der Leitung.

»Dennings hier, guten Morgen.«

»Ah. Und? Was haben Sie für mich?«

»Nichts. Besser gesagt, nichts, was Sie befürchtet haben.«

Stahlbeck seufzte. Ob es Erleichterung oder Resignation war, konnte ich nicht deuten.

»Gut. Und jetzt, Herr Dennings?«

»Sie sind der Auftraggeber, Herr von Stahlbeck. Das entscheiden Sie. Für mich ist Ihr Auftrag leicht verdientes Geld. Einen jungen Mann observieren fordert mich weder physisch noch intellektuell. Wenn Sie wollen, machen wir noch ein paar Tage weiter. Wenn nicht, schicke ich Ihnen die Rechnung.«

Eine kurze Pause folgte, die ich nutzte, um die nächste Zigarette anzuzünden.

»Also … hm … Sie glauben, mein Sohn ist … sauber?« Die Nachfrage schien ihm peinlich.

»Sauber? Was für eine schöne Metapher, Herr von Stahlbeck! Wahrscheinlich, ja. Jedenfalls habe ich keine Anzeichen irgendeiner schwulen Neigung feststellen können.«

»Herr Dennings! Sie sind vulgär!«

»*Mes excuses.*«

»Bitte?«

»´tschuldigung. Tja, ich würde sagen, hier trennen sich jetzt unsere Wege, oder? Ich schicke Ihnen dann die Rechnung, Herr von Stahlbeck. Einverstanden?«

Wieder folgte eine kurze Pause.

Offenbar hatte während des Telefonats ein Kunde die Detektei betreten. Ich hörte eine Männerstimme und das Kichern von Nathalie. Wer hatte sie zum Lachen gebracht? Ich war sofort eifersüchtig.

»Nun, ich bin einverstanden, Herr Dennings. Schicken Sie mir die Rechnung. Am besten per Email. Ich möchte nicht, dass die Briefpost von meiner Sekretärin oder meiner Frau geöffnet wird.«

Das Gespräch endete schnell. Stahlbeck empfand Verachtung gegenüber einem Subjekt wie mir, das hatte ich gespürt. Umso weniger Skrupel hinderten mich daran, eine saftige Rechnung auszustellen und den guten Goetz zu decken. Decken … nein, lieber nicht.

Nachdem ich aufgelegt hatte, versuchte ich, dem Gespräch im Vorzimmer zu lauschen. Ich verstand nicht viel, nur ein überdrehtes »Ach wirklich« von Nathalie und ein schmieriges »Das würde Ihnen gefallen« von der unbekannten Männerstimme. Ruhe. Mein Telefon klingelte. Nathalie.

»Chef, ein Herr Michael Staudt würde Sie gerne sprechen. Haben Sie Zeit?«

Sicher, vor Kunden konnte ein professionelles Auftreten nicht schaden, aber ihr Tonfall war es, der erschreckend distanziert klang.

»Danke, Nathalie, er kann reinkommen.«

Ich hatte es befürchtet: Ein verkapptes *Abercrombie and Fitch*-Modell stand in der Tür. Schlank, durchtrainiert, Ende zwanzig, modische Frisur, gepflegter Dreitagebart mit Koteletten bis zu den Wangenknochen, weißes Hemd, darüber ein schwarzes Sakko, blaue Jeans und braune, italienische Designer-Schuhe.

»Guten Tag, Herr Dennings, mein Name ist Michael Staudt«, stellte er sich formvollendet vor und reichte mir die Hand.

»Guten Tag, setzen Sie sich doch«, antwortete ich kühl. »Was führt Sie zu mir?«

Staudt setzte sich und schlug die Beine übereinander. Sein Gebaren war das eines Yuppies, der in seinem Leben noch keine Niederlage hatte einstecken müssen. Aus seiner Innentasche zog er eine Schachtel Davidoff und zückte eine Zigarette.

»Darf ich?«

»Bitte.«

Mit spitzem Mund stieß er den Rauch aus und hielt die Kippe mit nach außen gekehrtem Handgelenk an der Spitze von Zeige- und Mittelfinger.

»Ich mache mir Sorgen«, sagte er und hob die Augenbrauen.

»Das tut mir leid.«

Er lächelte süffisant. »Danke, Herr Dennings, aber ich suche nicht nach Mitgefühl. Ich brauche Antworten.«

»Worauf?«

»Mein Vater ist Inhaber der Firma *OmniFen*, ich bin der Juniorchef. Unser Sitz liegt in Sirzenich bei Trier. Wir stellen Fenster und Glas aller Art her. Der Betrieb lief schon immer anständig, regional hauptsächlich, Trier und Umgebung, einschließlich Benelux, Luxemburg, das grenznahe Frankreich, Metz, Thionville, Nancy, Lille. Aber auch das gesamte Rheinland-Pfalz. Ordentliche Aufträge, aus privater und öffentlicher Hand. Der Quantensprung folgte mit der Wende, beziehungsweise mit Berlin als Hauptstadt. Sie kennen Berlin wahrscheinlich besser als ich, Herr Dennings. Schauen Sie sich die Fassaden in Mitte an, die Ministerien, Glasfassaden, wohin Sie schauen. La Défense bei Paris war der Vorreiter, mittlerweile gibt es kaum ein Bauvorhaben, das nicht auf Glaselemente zurückgreift. Schauen Sie die Galeries Lafayette in der Französischen Straße an, das Auswärtige Amt am Werderschen Markt, die Telekom-Hauptrepräsentanz, die SPD-Zentrale, der neue Hauptbahnhof. Ein Ende dieser baulichen Entwicklung ist vorerst nicht in Sicht. Wir sind mittlerweile ein Großunternehmen, das europaweit operiert. Ich bin zuständig für den osteuropäischen Markt, mein Vater kümmert sich weiter um den Benelux-Bereich.«

»Glückwunsch«, sagte ich gelangweilt, »der Rubel rollt also, Herr Staudt.«

»Stimmt. Der Rubel rollt. Alles soweit im grünen Bereich. Wäre da nicht das merkwürdige Verhalten meines Vaters. Seit Wochen ist er wie verwandelt, leidet unter Schlafstörungen, wirkt paranoid, ist extrem gereizt. Weder meine Mutter noch ich können uns die Veränderungen erklären.«

»Eine Geliebte?«, fragte ich trocken.

»Meine Eltern sind seit über fünfunddreißig Jahren verheiratet und in Trier verwurzelt. Aus Liebe ist gemeinsame Verantwortung erwachsen, für ihren Sohn, ihren Betrieb. Sie sind ein Mann, ich auch. Obwohl ich das kaum glaube, will ich nicht ausschließen, dass mein Vater hin und wieder über die Stränge schlägt. Aber eine feste außereheliche Beziehung kann ich mir nicht vorstellen. Dafür ist er zu bequem.«

»Konkurrenz? Will ihm jemand an den Karren pinkeln?«

»Hm … Da fällt mir auf Anhieb keiner ein. Klar gibt es Konkurrenz, nicht in unserer Ecke, aber in Belgien und Frankreich oder den neuen Bundesländern, wo sich einige Betriebe niedergelassen haben«, nachdenklich zog er an seiner Zigarette, »obwohl … der Markt ist schon umkämpft. Wir haben nicht das Monopol. Gerade bei öffentlichen Aufträgen kämpfen wir mit langwierigen, komplizierten Vergabeverfahren. Herr Dennings, warum ich Sie aufsuche: Ich will wissen, was mit meinem Vater los ist.«

Staudt verkörperte den Typ des dynamischen, wohlhabenden Jungunternehmers par excellence. Gepflegt, eloquent, charmant, gebildet und selbstbewusst. Ein Paradebeispiel für

die liberale Zielgruppe, ein Bubi unter Bubis, ein austausch-
bares Element einer Boygroup, ohne Narben, ohne Ecken
und Kanten, geleckt vom Scheitel bis zur Sohle. Eine präten-
tiöse Pfeife. Und Nathalie hatte verzückt gekichert. Zum Kot-
zen. In meinem Job durfte man nicht wählerisch sein.

»Verstehe«, entgegnete ich und zündete eine Zigarette an.
»In Trier verwurzelt, sagten Sie?«

»Richtig. Finden Sie bitte heraus, was meinen Vater
beschäftigt. Observieren Sie ihn, schauen Sie, mit wem er sich
trifft. So funktioniert doch Ihre Zunft, oder?«

»Ja. Das Leben eines Detektivs ist langweiliger, als man
denkt. Beamte sitzen sich den Arsch am Schreibtisch platt, ich
hinter meinem Lenkrad. Das Einzige, was ich den Staatsdie-
nern und anderen Schreibtischtätern voraushabe: Ich darf in
meinem Wagen rauchen.«

Staudt grinste höflich.

»Noch eine Frage, bevor wir über die Konditionen sprechen: Wie sind Sie auf mich gekommen?«, fragte ich.

»Mehr oder weniger Zufall, Herr Dennings. Kommissar
Roller hat Sie empfohlen. Er arbeitet bei der Kripo Trier. Wir
waren der gleiche Abi-Jahrgang am Max-Planck-Gymna-
sium, und ich traf ihn eher zufällig vor einigen Wochen in
Trier, in der *Brasserie*. Nettes Lokal. Gehen Sie mal hin, wenn
Sie in Trier sind. Es liegt in der Fleischstraße. Beiläufig fragte
ich Roller, an wen ich mich wenden könnte, wenn ich Informationen brauche, die ich auf herkömmlichem Weg nicht
selbst beschaffen kann.«

Roller. Seine Bekanntschaft hatte ich bei meinem ersten
Ausflug an die Mosel gemacht. Ein anständiger Bulle. Viel-
leicht zu ehrgeizig und zu vorschnellen Schlüssen neigend.
Doch das schrieb ich seinem Alter zu.

»Ah, interessant, und er hat meinen Namen genannt?«

»Ja. Wir hatten schon ein paar Wodka-Martini intus, aber Ihr Name fiel sofort, als ihm klar wurde, dass ich einen Privaten brauche.«

Ich fühlte mich gebauchpinselt. Polizisten reagierten allergisch auf Schnüffler, mit den Jahren jedoch hatte ich Verbindungen aufbauen können, die sowohl mir als auch dem Vertreter der Exekutivgewalt Vorteile verschafften. Allen voran der Berliner Kommissar Rosshaupt, mit dem mich eine Hassliebe verband. Ein Urgestein, das seiner Pensionierung und seinem Lebensabend in einer grünen Laube in einem Berliner Randbezirk entgegenfieberte. Auch Roller war ich zunächst auf die Füße getreten, bevor ich seiner Karriere einen gehörigen Schub verleihen konnte.

Ich griff in die Schublade und zückte einen selbst gebastelten Vordruck heraus. »Gut. Kommen wir zur Sache, der Vertrag. Tagessatz vierhundert Euro plus Spesen bei Aufträgen, die mehr als einhundert Kilometer von Berlin entfernt liegen und eine dauerhafte Anwesenheit erforderlich machen. Eine Anzahlung, die meine Unkosten für die nächsten Tage abdeckt. Drei Tagessätze, zwölfhundert Euro. Sie können bar oder per Scheck zahlen. Tragen Sie Ihren Namen und Ihre Kontaktdaten ein, Handy, Email. Die Formulierung des Vertragsgegenstands überlasse ich Ihnen. Observierung von Herrn xy oder irgendetwas in der Art wäre meine Empfehlung. Dann brauche ich noch die Adresse Ihres Vaters und des Firmensitzes.«

Ohne eine Miene zu verziehen, füllte Staudt das Papier aus. Mein Honorar ließ ihn scheinbar unbeeindruckt. Im Gegensatz zu mir musste er sich offenbar wenig Sorgen um seine Haushaltskasse machen. Er zückte sein Scheckheft und einen eleganten Montblanc-Federhalter aus der Jacke. Mit einem höflichen Lächeln schob er Dokument und Scheck über die Tischplatte. Zartgliedrige, gepflegte Hände, manikürte Fingernägel.

»Sie können unser Vertragsverhältnis jederzeit kündigen, nur ...«

»Ich habe alles gelesen, Herr Dennings, keine Sorge«, unterbrach er mich. »Ich erwarte auch keine Wunder von Ihnen. Vielleicht mache ich mir unnötig Gedanken, wer weiß. Zehn Tage stelle ich mir vor. Wenn Sie bis dahin der Auffassung sind, dass es keine greifbare Ursache für sein verändertes Verhalten gibt, gebe ich mich auch mit diesem Ergebnis zufrieden. Ach ja«, er kramte in seiner Jackentasche. »Hier, ein Foto meines Vaters. Es ist ziemlich aktuell. Wann genau fangen Sie an?«

»Spätestens übermorgen. Ich muss noch ein paar Vorkehrungen treffen, ein paar Kunden abtelefonieren. Ja, übermorgen sollte klappen.«

»Gut.« Staudt stand auf, reichte mir zum Abschied die Hand und verließ mein Büro. Er hielt sich noch einige Minuten im Vorzimmer auf und plauderte mit Nathalie. Als ich hörte, wie die Eingangstür zur Detektei ins Schloss fiel, packte mich die Neugier. Ich klopfte kurz an die Verbindungstür, betrat Nathalies Zimmer und setzte mich auf den Besucherstuhl.

»Na?«

»Was ›na‹?«, fragte sie verunsichert.

»Der Typ. Was halten Sie von ihm?«

»Nett.« Geniert wandte sie sich ihrem Bildschirm zu und tat beschäftigt.

»Nett? Das hat sich aber ganz anders angehört.«

Nun warf sie mir einigen zornigen Blick zu. »Was soll das? Haben Sie an der Tür gelauscht, Chef? Eifersüchtig?«

Ich wusste nicht, was mich ritt, aber die Vorstellung, Nathalie könnte sich vor meinen Augen verlieben, versetzte mir plötzlich einen Schlag.

»Ein eitler Pfau, Nathalie! Eitel und prätentiös, ein Schönling, der bei seinem eigenen Spiegelbild eine Latte kriegt!«

Nathalie errötete und atmete tief durch.

Ich fing mich. »Tut mir leid. War nicht so gemeint, ich habe
schlecht geschlafen. Ich drehe mal ´ne Runde.« Ich schnappte
meine Jacke, Zigaretten und Brieftasche und verließ das Büro.

In Gedanken versunken schlenderte ich am Gendarmenmarkt vorbei Richtung Friedrichstraße. Touristen jeder Herkunft bevölkerten die Gehsteige, ein unverständliches Spra-
chenwirrwar sammelte sich in meiner Ohrmuschel und ver-
schmolz zu einer monotonen Melodie, die mich weitertrieb.
Das Gefühl, nichts zu verstehen, nicht verstanden zu werden,
war seltsam angenehm, eine dieser für eine Großstadt typi-
schen Empfindungen von Anonymität, die mir so heimisch
waren. Kein Nachbar, der dir morgens schon auf die Schulter
klopfte, bekannte Gesichter, die dir auf dem Weg zu deinen
Besorgungen ein Gespräch abnötigten, alte Schulkameraden,
Kollegen, Verwandte, die unbedingt mal wieder ein Bier mit
dir trinken wollten.

»Hey, Castor!«, hörte ich plötzlich eine bekannte Stimme
hinter mir. So anonym war Berlin nun doch wieder nicht.

Ich drehte mich um. Es war Jeff, ein alter Kumpel, Archivar
bei einer Zeitung, und vor allen Dingen ein Lebenskünstler,
der nicht alterte, höchstens bei genauerer Betrachtung. Hin
und wieder ging er mir zur Hand, observierte für mich, wenn
die Auftragslage zusätzliche Augen erforderte.

»Jeff, schön dich zu sehen. Alles okay?«

Er war etwas außer Atem, musste gelaufen sein. »Ja … alles
gut … habe heute frei … Lust auf einen Brunch? Ecke Koch-
straße gibt's ein nettes Lokal … ganz preiswert.«

Warum nicht, dachte ich und begleitete ihn. Die Kneipe
war angenehm, altmodisch eingerichtet, gefliester Boden,

21

Holzwände, an denen unzählige Bilder vom Berlin der Zwanzigerjahre hingen, ordentlich besucht, hauptsächlich Stammkunden, wie ich vermutete, angenehmes Jungvolk und ein paar ältere Semester, deren Habitus an verkappte Künstler erinnerte. Das Äußere stimmte jedenfalls schon einmal, obligatorischer Vollbart, schwarze Hornbrille und der wissende Blick. Serviererinnen und Gäste gingen vertraut miteinander um. Auch Jeff schien ein alter Bekannter zu sein. Jedenfalls wurde er so begrüßt.

»Wie immer?«, fragte die junge Brünette.

»Ja, wir brunchen. Und zwei Latte bitte, Steffi.«

»Und eine Flasche Rotwein. Einen Bordeaux«, fügte ich hinzu.

»Hoho!«, machte Jeff und klopfte mir auf die Schulter. Dann stand er auf und deutete mit dem Kopf Richtung Buffet. »Komm, ich habe einen Mordskohldampf.«

Jeff untermauerte seine Aussage mit einem prall gefüllten Teller. Bratkartoffeln, Würstchen, ein Stück Schweinebraten, Spätzle und Rindsgulasch. Ich begnügte mich vorerst mit Rührei, einem frischen Brötchen sowie Pancakes mit Ahornsirup. Auf unserem Tisch standen bereits Kaffee, Rotwein und zwei Gläser Orangensaft, die im Preis inbegriffen waren.

»Oh Mann, ist das gut!« Jeff aß, als wäre es das letzte Mal. Wo er das nur hinsteckte? Ein Spargeltarzan vor dem Herrn. Vielleicht ein Bandwurm, mit dem er auf Du und Du war. »Und«, fragte er, als er den ersten Hunger gestillt hatte, »wie läuft's?«

»Okay. Übermorgen mache ich einen Ausflug an die Mosel, Trier und Sirzenich.«

»Was? Sieht-se-nich?«

»Sir-ze-nich«, wiederholte ich langsam und betonte die Silben. »Wahrscheinlich eine Routinesache, aber mit vollem Tagessatz und Spesen.«

Jeff nickte demütig. Er wusste, wann er nachfragen durfte und wann nicht. »Ich hol mir noch was.«

»Mein lieber Schwan! Du isst, als gäbe es kein Morgen mehr. Gibt es ein neues Datum für den Weltuntergang? Beim letzten Mal hatten sich die Mayas ja wohl verrechnet.«

Pochierter Lachs, Wildreis und Broccoli standen nun auf dem Menü und fanden auf der vollbepackten Gabel den Weg in Jeffs Rachen.

»Sag mal, Castor, bin gerade etwas knapp bei Kasse. Könnte mal wieder gut einen Nebenjob gebrauchen. Hast du was für mich?«

»Hm, nein«, ich überlegte und trank einen Schluck Wein. Doch plötzlich kam mir ein Gedanke, der offenkundig einer aufkeimenden Eifersucht geschuldet war. »Oder doch, Jeff. Du könntest meinen Auftraggeber stundenweise observieren, abends hauptsächlich. So lange, bis ich wieder in Berlin bin.«

Jeff hob fragend die Augenbrauen.

»Ein Gefühl, mein Freund. Mehr nicht. Zwanzig Euro die Stunde. Ohne Spesen«, betonte ich. »Ich rufe dich später oder morgen an, um dir Namen und Adresse durchzugeben.«

2. Kapitel

Seltsam. Ich war froh, als ich auf der A 2 Richtung Hannover fuhr und Berlin hinter mir ließ. Ein Engel auf Reisen war ich nicht, und trotzdem schien die Sonne, sodass ich ohne zu frieren die Scheibe bis zur Hälfte herunterlassen und genüsslich rauchen konnte. Auf dem Beifahrersitz lag ein gutes Dutzend CDs, von denen ich annahm, dass ich sie in den nächsten Tagen hören konnte. Meine Wahl war umsichtig. Von Rock über Folk bis zu Chansons war alles dabei. Selbst eine Techno-CD: *Justice*. Sie lag nun im Player, die Bässe dröhnten. Gewaltige Musik lässt vergessen. Zum Beispiel die unangenehme Auseinandersetzung mit Nathalie am Vortag. Unzählige Tauben hatte ich in meinem Leben fliegen lassen und mich mit Spatzen vergnügt und dabei Spaß gehabt. Wider besseres Wissen erlag ich trotzdem immer wieder dem Charme der edleren Gattung, und Nathalie repräsentierte ein besonderes Exemplar. Über Jahre hinweg reichte es mir, sie in meiner Gegenwart zu wissen – meine Angestellte, die ich necken konnte, eine süße Frucht, zum Greifen nah. Zu unanständigen Avancen hatte ich mich nie hinreißen lassen. Sie lebte ihr Leben, ich genoss meine Freiheit.

Was hatte ich erwartet, als ich sie fragte, ob sie mich ein weiteres Mal an die Mosel begleiten würde? In den *Schweicher Hof*. Der Chef nimmt seine Sekretärin mit auf Dienstreise, um diese zu einer Lustreise auszudehnen. Natürlich reagierte Nathalie entsprechend. Ich solle mir mal nichts einbilden. Ich könne nicht nach Belieben Frauen verführen, ohne Verantwortung zu übernehmen. Ein alternder Casanova, der mitnimmt, was sich ergattern lässt. Ihre Abrechnung endete mit der Ankündigung, dass sie sich nach einem anderen Job umschauen würde.

»Das muss nicht sein, Nathalie. Ich gelobe Besserung, und wir arbeiten zusammen wie bisher. Professionell und freundschaftlich.«

»Sie wissen überhaupt nichts«, schrie sie mit Tränen in den Augen, packte ihre Tasche und verließ das Büro.

Sechzig Jahre und kein bisschen weise, von gehabtem Schaden nichts gelernt. Oh doch, ich hatte gelernt, unter anderem auch den Schaden zu akzeptieren, wenn es der Einsatz wert war und man trotzdem verlor. Zocker verlieren immer, bis zu ihrem Lebensende, kein Erfolg hält sie davon ab, weiterzuspielen, an neue Grenzen zu gehen.

Die Stunden verrannen, ich näherte mich der Mosel. Mittlerweile sang Chris Thompson *Blinded by the light*, während Manfred Mann furios auf dem E-Piano klimperte. Ich freute mich auf mein Hotel, das ich am frühen Abend erreichte, nachdem ich unmittelbar nach der Molesbachtalbrücke bei Longuich die Autobahn verlassen hatte und über ein kurzes Stück Landstraße in Schweich angekommen war.

»Herr Dennings? Herzlichen willkommen. Sie haben ein Doppelzimmer reserviert.«

»Ja, richtig. Vier Nächte, zunächst. Vielleicht verlängere ich, wenn das möglich ist.«

»Das kann ich Ihnen nicht zusichern, Herr Dennings. Die Traubenlese hat begonnen, und wir erwarten einige Gäste. Also, wenn Sie länger bleiben wollen, sagen Sie es uns so früh wie möglich.«

Die Dame am Empfang nahm ihren Job ernst. Ihr Wechsel in den Pluralis Majestatis beeindruckte mich wie der Besuch beim Urologen. »Die Vergrößerung Ihrer Prostata kann verschiedene Ursachen haben. Wir können das erst nach weiteren Untersuchungen mit Gewissheit bestimmen.« Ich wusste nicht, welche Auswirkungen die Weinlese in einem Moselort mit sich zog, aber die Bedeutungsschwere wurde mir mit dem gebührenden Ernst eindrucksvoll vermittelt.

Mein Zimmer lag zur Hauptstraße, freundlich und sauber eingerichtet, ein sauberes Bad mit funkelnden Armaturen, eine Dusche, die dem Gast das sichere Gefühl gab, den Aufenthalt nicht mit einem Fußpilz bezahlen zu müssen. Ich hielt mich gerne in Hotels auf, auch wenn sie einige unliebsame Souvenirs bescheren konnten. Nachdem ich meine wenigen Habseligkeiten ausgepackt hatte, öffnete ich das Fenster, legte mich aufs Bett und schaltete den Fernseher ein. Warum, wusste ich selbst nicht. Seitdem dem Fernsehkunden scheinbar ein Überangebot auf Hunderten von Kanälen an die Hand gegeben worden war, erschwerte sich die Suche nach halbwegs verdaulichen Fernsehformaten und wenigstens handwerklich sauberen Serien. Gegen die modernen Soaps wirkte die Lindenstraße wie ein Gesellschaftsdrama für Akademiker.

Zwei Zigaretten später meldete sich mein Magen. Ich verließ das Hotel und lief in Richtung Mosel. Ich erinnerte mich an den Fährturm, den Camping-Platz. Auf dem Weg dorthin steuerte ich ein Eiscafé an. *Cortina*. Ob es das Örtchen in den Dolomiten war oder vielleicht doch der Name der Jugendfreundin des Inhabers war mir nicht bekannt. Entscheidend war das Eis, und der Joghurtbecher hielt, was er auf der Bildtafel versprach.

Urlaub auf Kosten eines Glasfabrikanten, dachte ich, während ich mit dem Becher in der Hand weiterlief. Warum nicht. Ein paar Tage fernab von Berlin, von Nathalie, um das paranoide Verhalten von Staudt Senior aufzuklären, boten eine willkommene Abwechslung. Eine bezahlte Kur für gestresste Detektive. Im Fährturm gönnte ich mir Junkfood deluxe: ein halbes Hähnchen mit Champignons in dunkelbrauner Sauce und Pommes. Dazu einen Rotwein.

»Machen Sie Urlaub hier?«, fragte mich die Bedienung, eine Frau in den Vierzigern oder Fünfzigern, so genau konnte man das nicht definieren. Jedenfalls hatten ihre Augen den Glanz der Jugend verloren. »Traubenlese?«

»Ja, Urlaub. Eine schöne Gegend. Die Weinberge, der Fluss, die Luft. Erholung pur.«

»Wir haben viele Touristen. Aus Holland, Schweden, England. Sogar aus den USA.« Wirklich begeistern konnte sie dieser Umstand nicht, und sie erwartete auch keine Antwort, als sie meinen leeren Teller abräumte. Ich hinterließ ein fürstliches Trinkgeld. Wenigstens einmal wollte ich sie lächeln sehen.

* * *

Sirzenich. Hatte ich ihn tatsächlich gefunden? Den Ort, an dem sich Fuchs und Hase Gute Nacht sagten?

Staudts Haus lag in der Ortsmitte, eine schicke Villa, weiß getünchter, grober Putz, Erker, Wintergarten und eine großzügige, gepflegte Rasenfläche umgeben von einem braunen Jägerzaun. Nicht protzig, aber eindeutig Zeichen von Wohlstand. In der Straße standen außer meinem Wagen nur wenige Fahrzeuge, allesamt Trierer Kennzeichen. Ein älteres Modell war innen beschlagen. Ein alter, blauer Golf, der wohl keine Feuchtigkeit vertrug. Es war halb acht, als sich das elektrische Garagentor öffnete und Staudt in seinem grauen Mercedes das Haus verließ. Ich wartete ein paar Sekunden, bis er an der nächsten Kreuzung rechts abbog, und folgte in gebührendem Abstand. Die Fahrt dauerte nur wenige Minuten, gerade mal eine schnelle Zigarette, und führte zum Gewerbegebiet. Keine große Überraschung: Ziel war die Fabrik. *OmniFen*. Ich parkte außerhalb des Geländes in einer

Seitenstraße, von der aus ich die Einfahrt zum Gebäudekomplex einsehen konnte. Ich öffnete das Fenster und schaltete das Radio an. Zog mein Handy aus dem Jackett. Keine Nachricht. Kein verpasster Anruf. Warten. Hoffentlich würde er keinen Achtstundentag im Büro verbringen. Hier gab es nichts zu sehen. Firmen, langweilige Gebäude, kaum Fußgänger. Natur, Beton und Autos.

Ich war erleichtert, als er seine Firma bereits nach etwa drei Stunden verließ. Zehn Zigaretten, kalter Kaffee, ein beschissenes Radioprogramm, das zum dritten Mal den Gangnam-Style dudelte und eingeschlafene Füße. Ich brauchte dringend Bewegung.

Viel bekam ich in den nächsten Stunden nicht, mein Auto umso mehr. Staudt fuhr Baustellen ab. Sightseeing quer durch den Landkreis. Der Bau eines Altersheims mit Glasfassade in Schweich, neue Grundschule mit Glasfassade in Konz, Renovierung einer Sparkassenfiliale mit Glasfassade in Ruwer, Austausch der Fenster in einem Gymnasium in Pfalzel.

Nach getaner Arbeit fuhr Staudt gegen fünf Uhr artig nach Hause. Ich wartete noch eine Stunde vor dem Haus. Nichts rührte sich mehr. Im Wohn- oder Esszimmer wurde das Licht angeschaltet. Das Abendessen wurde angerichtet. Wahrscheinlich von Frau Staudt, die emsig den Tisch deckte und Porzellanschüsseln aus der Küche herankarrte. Die Flasche Weißwein brachte Staudt mit an den Tisch und schenkte sich und seiner Frau ein Glas ein. Feierabend. Ich hatte Hunger und fuhr zurück ins Hotel nach Schweich, aß ein Cordon bleu im Restaurant, trank einen Châteauneuf du Pape und verschwand auf mein Zimmer. Ein Blick auf mein Handy zeigte mir, dass mich keiner vermisste. Wein ist der Nektar der Götter und das Sandmännchen der Alkoholiker. Nach

28

einem langweiligen Tag schlief ich vollbekleidet in meinem frisch gemachten Bett gegen neun Uhr ein.

Tag zwei begann ähnlich unspektakulär. Eine halbe Stunde früher als am Vortag zog es Staudt in seine Firma, dieses Mal erstaunlich locker gekleidet. Jeans, grobschlächtige Boots, blauer Rollkragenpulli, darüber eine ärmellose, grüne Daunenweste. Wollte er heute auf einer seiner Baustellen selbst Hand anlegen? Ich parkte in der gleichen Seitenstraße und stellte mich auf einen weiteren langatmigen Tag ein. Nur wenige Fahrzeuge außer meinem in Sichtweite. Ein paar Kleintransporter, Firmenwagen und ein in die Jahre gekommener, schwarzer Ford Escort mit schmutzigen Scheiben. Schwer erkennbar, ob von innen oder außen. XR3I, der Renner Ende der Achtziger, das Prunkstück für Goldkettchen tragende Aufreißer, die sich einen Porsche nicht leisten konnten. Ich hörte die Nachrichten. Die Koalitionsverhandlungen nahmen Fahrt auf. Vertrackte Situation, wie zu erwarten. Den Milchbubis von den Liberalen war es doch tatsächlich gelungen, die eigene Partei unter die Fünfprozenthürde zu drücken, womit sie als Juniorpartner der schwarzen Regierung ausschieden. Bahn frei für Schwarz-Rot oder Schwarz-Grün. Hier und da zierte man sich, zumindest nach außen. Allzu schnell sollte der Wähler nicht mitbekommen, dass intern schon längst die Jagd auf lukrative Pöstchen begonnen hatte. Man müsse den Wählerwillen akzeptieren, auch wenn es manchmal wehtue, Verantwortung in schweren Zeiten übernehmen, hieß es bei den möglichen Koalitionären. Das Außenamt? Sicher eine Option. Ich gähnte, legte eine CD von *Steely Dan* ein und zündete eine Zigarette an. Nicht einmal eine halbe Stunde war vergangen, als Staudt das Büro schon wieder verließ. E-Mails checken, Anrufe erledigen und weiter, nahm ich an. Baustellen abfahren.

Weit gefehlt. Es ging Richtung Mehring, genauer gesagt zunächst nach Lörsch, ein Ort, der diese Bezeichnung eigentlich nicht verdiente: Bestehend aus gerade mal einer zur Bundesstraße parallel verlaufenden Straße, auf beiden Seiten Häuser und ein paar Weingüter. Darüber Weinberge, Steillagen. Schön anzusehen, aber vermutlich der Albtraum eines jeden Traubenlesers. Staudt besuchte einen Winzer, blieb eine halbe Stunde, fuhr dann weiter entlang der Mosel nach Mehring. Erneut suchte er ein Weingut auf, im Ortskern, unweit der Kirche. Dieses Mal verließ er es auf einem Traktor, neben dem Winzer sitzend. Es ging zur Traubenlese!

Der Traktor tuckerte schwerfällig die engen, steigenden Straßen durch den Ortskern bis zum Rand der Gemeinde, wo nun die terrassenförmig angelegten Weinberge begannen. Ich parkte meinen Wagen gegenüber einem Weingut mit Gästezimmern. Am Rebenhang. Ein passender Name für diese Straße, die einen schönen Ausblick auf die über ihr liegenden Weinberge öffnete.

»Guten Tag. Suchen Sie ein Gästezimmer?«

Nichts schien hier unbemerkt zu bleiben! Warum auch sollte ein Fahrzeug mit Berliner Kennzeichen ausgerechnet an dieser Stelle parken? Der Mann sah freundlich aus, um die Fünfzig, das Gesicht von der Sonne gegerbt, wahrscheinlich von der Arbeit im Freien. Vielleicht aber auch vom letzten Urlaub in Lloret de Mar, was Goldkettchen und dicke Uhr suggerieren konnten.

»Vielleicht, *on verra*. Ich wollte ein bisschen in den Weinbergen spazieren. Das Wetter ist phantastisch.«

»Ja. Unsere Weinlagen sind einzigartig. Der Goldkupp, Zellerberg, Blattenberg. Wir Jungwinzer haben dafür gesorgt, dass unser Moselwein weit über die Grenzen der Region bekannt ist«, erklärte er stolz.

»Hm, Respekt. Vielen Dank für die Info.«

»Gerne … Und wie gesagt: Wenn Sie ein Zimmer brauchen …«

»Man weiß nie«, antwortete ich, nickte ihm zu und folgte Staudt zu Fuß. Bei freier Sicht konnte ich problemlos erkennen, wie der Traktor die schmalen Wege durch die Weinberge erklomm. Durchatmen, ein Duft von Weintrauben waberte durch die Luft. An den Stützmauern aus Schiefer sonnten sich Eidechsen, die, wenn sie erschraken, zuckend in die Zwischenräume verschwanden. Ein Paradies für Kinder. Wegen der kurvenreichen Strecke kam der Traktor nur langsam vorwärts. Nach etwa zwei Kilometern hatte er sein Ziel erreicht. Von meinem Standpunkt aus, ungefähr ein Kilometer dahinter, konnte ich eine Menschentraube erkennen, Männer und Frauen, etwa zehn. Kurze Einsatzbesprechung. Dann widmete sich jeder einer Reihe Reben, bestückt mit Eimer und Schere, und begann mit der Lese der Trauben. Moselidylle. Für einen kurzen Augenblick beneidete ich sie, wie sie gut gelaunt mit stoischer Ruhe eine Rebe nach der anderen bearbeiteten und sich nach und nach weiter hochkämpften, das Ziel vor Augen, die letzte Rebe am oberen Wegesrand. Ehrliche und ehrenvolle Arbeit. Nicht zu vergleichen mit meinem Geschäft.

Das Ganze würde dauern, soviel war klar, und die sonnige Morgenfrische bescherte mir unerwartet früh Appetit. Ich lief zurück in den Ortskern, kaufte ein Stück Fleischwurst vom Ring, ein paar frische Brötchen, zwei Tageszeitungen und einen Moselriesling mit Schraubverschluss. Für einen guten Roten war es wahrlich zu früh.

Meine alten Beine freuten sich. Ich spürte meine Oberschenkel, meine Waden, als ich wieder Richtung Weinberge zog, immerzu berghoch. Ab und zu blieb ich stehen und warf einen Blick hinunter auf das Dorf und die Mosel, beide so unglaublich friedlich.

Vorbei am geparkten Traktor lief ich bis zur nächsten Linkskurve, weiter hoch, bis ich eine Bank erreichte, die direkt gegenüber Staudts Weinberg lag. Bis zur Hälfte waren sie gekommen und legten gerade eine Pause ein. Thermoskannen mit Kaffee und Tee wurden herumgereicht, mitten im Hang ein Klapptisch aufgestellt, frisches Brot, Käse, Wurst und Schinken ausgebreitet. Von meinem Platz hörte ich sie munter schnattern und lachen. Meine Fleischwurst schmeckte köstlich, unglaublich frisch, genauso wie die knusprigen Brötchen. Becher hatte ich natürlich vergessen und trank den Wein aus der Flasche. Nicht übel. Erfrischend und angenehm trocken. Ich schaute in den wolkenfreien Himmel, schloss die Augen und spürte die Sonne auf meiner Haut. Zeit. Ruhe. Ich griff nach den Zigaretten und nach der ersten Zeitung. Rihanna rekelte sich auf Seite eins am Strand, Borussia Mönchengladbach hatte ein schweres Heimspiel vor der Brust, der Bundespräsident rief in einem Kurzinterview zu Zivilcourage und Toleranz auf. Darunter das Bild eines Schlägers mit Migrationshintergrund, der einen betrunkenen Jugendlichen am Alexanderplatz in Berlin fast totgetreten hatte. Ich blätterte die wenigen Seiten schnell durch, beließ es bei der Lektüre der Schlagzeilen und dem Betrachten der leicht bekleideten Stars und Sternchen. Der *Trierische Volksfreund*, den ich anschließend aus der Plastiktüte fischte, war da schon angenehmer. Im Lokalteil fand sich neben einigen Unfallmeldungen ein interessanter Artikel über ein gigantisches Bauvorhaben in der Nähe von Ramstein, wo die US-amerikanischen Streitkräfte das größte Militärkrankenhaus außerhalb der USA errichten wollten. Ein Wachstumsmotor für die Region, so war zu lesen, der Arbeitsplätze schaffen und sichern sollte. Im Frühjahr sollte der Grundstein gelegt werden, vermeldete eine Sprecherin der Aufsichts-

und Dienstleistungsdirektion, kurz ADD Rheinland-Pfalz, optimistisch. Die umkämpften Krisenherde der Welt lagen dichter an Europa. Eine weise Entscheidung, Kriegsversehrte nicht erst über den Teich zu fliegen und sie in Deutschland zu behandeln. Schick, dachte ich, dass bewaffnete Konflikte auf so vielfältige Weise die heimische Wirtschaft ankurbelten.

Bald schon hatte der Erste das Ende seiner Reihe erreicht, und bevor er sich aufmachte, einem anderen zu helfen, legte er eine kurze Verschnaufpause ein und suchte das Gespräch.

»Hallo, guten Morgen. Sie machen ein Picknick?«

»Ja«, antwortete ich freundlich, »ein Wetter zum Helden-zeugen.«

»Nee, nee«, lachte er, »ich habe schon zwei. Das reicht.«

»Gehört Ihnen der Weinberg?«, fragte ich.

»Schön wär's. Nein, dem Jochen. Dem Herrn Staudt. Sehen Sie, da unten, der Mann, der den Bäschoff trägt.«

»Bischof?«

»Bäschoff heißt das bei uns. Dieses Gefäß, das man auf dem Rücken trägt, und mit dem die Trauben zum Anhänger gebracht werden.«

»Ah, verstehe.«

»Das geht in die Knochen, sage ich Ihnen. Wenn unsere Eimer voll sind, füllen wir die Trauben in den Bäschoff, bis der wiederum bis zum Rand gefüllt ist. Der Träger läuft den ganzen Tag hin und her.«

»Den ganzen Tag? Sie sind doch so gut wie fertig.«

»Oh nein, wir haben noch einen Weinberg zu lesen. Vor drei machen wir heute nicht Schluss.«

»Wolli, net quatsche, kumm, es Kättschen is heit lahm!«, rief einer der Helfer in unsere Richtung.

»Na dann«, lachte er. »Noch einen schönen Tag!«

»Ebenso.«

33

Kättchen musste die ältere Dame sein, die etwas abgeschlagen hinten lag. Also noch drei bis vier Stunden, die Staudt hier verbringen würde. Ich packte den Rest meiner Brotzeit und lief zu meinem Wagen. Ohne Umwege fuhr ich zurück zu meinem Hotel nach Schweich. Ein kleiner Mittagsschlaf konnte nicht schaden. Vorher rief ich Jeff an, um mich nach Staudt junior zu erkundigen.

»Hey, Castor, alles fit im Schritt?«

»Keine Ahnung. Dort herrschen zurzeit Betriebsferien.«

»Hahaha, nicht schlecht. Du rufst wegen Staudt an, oder?«

»Nein, weil ich deine Stimme hören wollte. Ich bin so einsam.«

»Okay. Bin ihm gestern Abend ungefähr drei Stunden gefolgt. Nichts Besonderes. Er traf sich mit einem Kumpel. Genauso schön wie er. Pechschwarze Haarpracht, coole Lederjacke, braune, elegante Schuhe, bestimmt aus Italien, glatt rasiert. Sylter Promenadenmischung würde ich sagen. Sie haben bei Lutter und Wegner gegessen. Am Gendarmenmarkt.« Er machte eine kurze Pause. »Ich übrigens auch, Castor. Musste ihn ja beschatten.«

Ich seufzte.

»Hab verstanden. Ich übernehme die Rechnung, Jeff. Wie viel?«

»Du bist ein Pfundskerl! Danke! Nur dreißig Euro. Ich habe auf Nachtisch verzichtet.«

»Wie großzügig. Und sonst?«

»Nichts«, antwortete er, leicht verlegen. »Als sie das Lokal verließen, umarmten sie sich freundschaftlich, und jeder ging seiner Wege. Staudt gleich nach Hause, in seinen Loft am Prenzlauer Berg.«

»Gut. Bestens. Vielen Dank, Jeff. Bleib dran. Salut.«

Stille an allen Kriegsschauplätzen. Die Ruhe vor dem Sturm?

Mein Nickerchen war eine Wohltat. Zwei Stunden im Tiefschlaf. Halb drei zeigte der Radiowecker auf meinem Nachttisch an. Eine Zigarette im Bett, eine kurze Dusche, um den Schlaf aus den Augen zu spülen, dann ab zum Wagen und zurück nach Mehring. Halb vier. Der Traktor war noch nicht zurückgekehrt. Das Hoftor stand sperrangelweit offen und wartete auf die gelesenen Trauben. Ich ging zur Einfahrt und warf einen schnellen Blick auf die Klingel. Zwei, um genau zu sein. Auf der oberen stand *Kaufmann*, auf der unteren *Staudt*. Der Glasfabrikant hatte also eine Eigentumswohnung auf dem Weingut. Nicht übel, sprach der Dübel und verschwand in der Wand. Ich tat es ihm gleich, als ich den Traktor um die Ecke biegen sah. Die Lese wurde eingefahren, das große Tor der Scheune geschlossen, nachdem der Anhänger mit dem kostbaren Gut rangiert war. Nun würden die Trauben verarbeitet werden. Ich richtete mich innerlich auf weitere lange Stunden des nutzlosen Wartens ein, wurde aber glücklicherweise eines Besseren belehrt. Nicht einmal eine Stunde dauerte es, bis Staudt, frisch gestriegelt und gebügelt, in Begleitung des Winzers aus der Haustür kam.

»Es kann spät werden, Jupp. Diese Geschäftsessen ziehen sich manchmal hin«, hörte ich ihn sagen.

Geschäftsessen! Nachtigall!

Es ging über die Dörfer. Vorbei an Longen, Schweich und Kenn fuhr Staudt nach Ruwer. Mitten im Ort an einer Bushaltestelle las er einen Mann etwa gleichen Alters auf. Grau meliertes, kurz geschnittenes Haar, graue Flanellhose mit Bügelfalten, kariertes, beigefarbenes Sakko. Man begrüßte sich herzlich und setzte den Weg Richtung Trier fort. Vom Verteilerkreis führte die Fahrt entlang der Zurmaiener Straße bis zur Kaiser-Wilhelm-Brücke. Nachdem sie überquert war, ging es weiter zur B 51.

Ich hielt Abstand, ohne den Mercedes aus den Augen zu verlieren. Vierzig Minuten waren vergangen, als das Ziel in Bitburg erreicht wurde. Geschäftsessen. *Mon oeil*, wie der gepflegte Franzose sagte. In einer ruhigen Seitenstraße am Ortsrand lockte das unscheinbare, frei stehende Haus mit dem vielversprechenden Namen *Scheherazade* in rötlich eingetauchtem Neonlicht. Der Parkplatz lag kundenfreundlich hinter dem Etablissement. Neugierige Blicke auf Fahrzeuge und Fahrzeughalter wurden auf diese Weise minimiert. Staudt klopfte seinem Geschäftspartner auf die Schulter, bevor sich die massive Holztür zur Oase der Lust öffnete und die beiden hineingingen.

Nette Adresse, dachte ich und zündete eine Zigarette an. Sie schmeckte nicht besonders gut. Das war immer so, wenn sich der kleine Hunger meldete. Wie lange mochte das Schäferstündchen dauern?

Ich machte es mir so gemütlich, wie es irgend ging hinter dem Lenkrad, schloss die Augen und döste. Nickte ein. Nur kurz. Und trotzdem zu lang.

Die Beifahrertür wurde aufgerissen. Ich schrak auf, blickte nach rechts, und bevor ich irgendeine Reaktion zeigen konnte, trieb mir ein wuchtiger Haken in die Leber die Tränen in die Augen.

»Scheiße«, stammelte ich und krümmte mich vor Schmerzen. Dann spürte ich den Lauf einer Waffe an meiner Schläfe.

»Ruhig. Gaaaanz ruhig.« Eine unangenehm helle, männliche Stimme forderte mich auf, stillzuhalten. »Jetzt kannst du dich gaaaanz langsam umdrehen. Nur den Kopf, gell.«

Ein hässliches, ungepflegtes Exemplar der männlichen Gattung grinste mich hämisch an. Ein zerzauster Pornobalken schmückte seine Oberlippe, der fette Bauch hing über dem Gürtel. Als wenn das nicht genug gewesen wäre, strömte er den Duft eines Stinktiers aus, ein Moschusochse, dem der Einsatz eines Deodorants offenbar untersagt worden war und wegen seiner Hämorriden in gastroenterologischer Behandlung sein musste. In der linken Hand hielt er seine Waffe, viel zu dicht an meinem Kopf, die rechte hatte er zu einer Faust geformt, verstärkt durch einen Schlagring. Deswegen also die Wucht des Treffers. Die Scheiben beschlugen, so schwitzte das Schwein. Wie Schuppen fiel es mir jetzt von den Augen. Die auffällig alten Fahrzeuge, die ich gesehen hatte, gehörten ihm.

»Na, neu im Geschäft? Anfänger, was?« Seine Fistelstimme überschlug sich, wenn er lachte. »Wie heißen wir denn, Kollege? Hopp, Brieftasche, aber langsam.«

Ich griff langsam in meine Jacke und reichte sie ihm. Den Schlagring hatte er in seiner Jacke verstaut, sodass er eine Hand freihatte, meinen Geldbeutel nach Papieren zu durchforsten.

»Hm, Dennings. Castor Dennings. Was für ein schöner Name, hihi. Aus Berlin! Hossa. Aber das habe ich ja schon an deinem Kennzeichen gesehen.«

»Und mit wem habe ich die Ehre?«

»Egal. Jedenfalls bin ich ein Profi. Ausgebufft. Ausgebuffter als du in jedem Fall. Fährst mit deinem schicken Berliner Kennzeichen durch die Käffer und meinst, du fällst nicht auf. Maaaann. Wie blöd! Aber jetzt sagst du mir erst mal, für wen du arbeitest, gell.«

Ich ärgerte mich. Über mich selbst. Dass mich solch eine Pfeife überrumpelt hatte! Höchste Zeit umzuschulen, mich beruflich neu zu orientieren. »Wenn du so clever bist, müsstest du es eigentlich wissen.«

Er schüttelte den Kopf. »Hach, diese arroganten Großstädter. Okay. Ich bin ja nicht auf den Kopf gefallen, gell? Ein

Ratespiel. Ich spiele gerne, am liebsten nach meinen Regeln. Ich darf raten, dreimal. Vielleicht Frau Staudt?« Er zog die Augenbrauen hoch und schaute mich erwartungsvoll an.

»Tja … hm … normalerweise rede ich nicht über meine Auftraggeber.«

»Ausnahmen bestätigen die Regel, hihihi.«

»Na gut, was soll's. Ja, Frau Staudt. Sie vermutet, dass ihr Mann sie betrügt.«

»Och, so was aber auch! Na na na. Tja, dann hast du deinen Auftrag ja erledigt, gell? Unter uns Gebetsschwestern, ich bin ja nett, ein Tipp: Du kommst mir ab sofort nicht mehr in die Quere und hältst dich bedeckt. Frau Staudt hat doch Geld. Du wartest, hm, sagen wir mal noch eine Woche, und dann kannst du ihr sagen, was du herausgefunden hast. Eine Woche Kohle fürs Nichtstun. Ist doch was, oder?«

Neu im Geschäft war er nicht. Flüssige Kunden trotz erledigten Auftrags hinhalten und munter weiterkassieren gehörte zum *Survival Kit* gebeutelter Privater. »Warum …«

Er ließ mich nicht ausreden, verpasste mir eine Kopfnuss mit dem Knauf seiner Pistole und verließ den Wagen.

»Also, gell, du machst dich vom Acker. Und denk dran, komm mir bloß nicht noch mal in die Quere! Das nächste Mal tue ich dir richtig weh!«

Benommen schaute ich ihm hinterher, wie er sich mit schnellen Schritten von meinem Wagen entfernte, dabei immer wieder hastig umdrehte, um sich zu vergewissern, dass ich ihm nicht folgte.

Verdammte Kacke. Dennings, du Anfänger.

3. Kapitel

Mein Ego war angekratzt. Und zwar ganz gewaltig. Ein schmieriger Provinzschnüffler hatte mich Schachmatt gesetzt. Ich schlief aus. Trotz präseniler Bettflucht wachte ich erst um neun Uhr auf. Ich sah keine Veranlassung, an meinem dritten Tag Staudt von morgens bis abends zu observieren. Erst einmal die Gedanken sortieren.

Immerhin, ein paar Dinge wusste ich nun. Die Paranoia, unter der Staudt senior seit geraumer Zeit zu leiden schien und die Staudt junior bewogen hatte, mich aufzusuchen, war wohl begründet. Er wurde beschattet. Und spürte es. Oder er spürte, dass sein Verhalten Grund genug war, sein Tagesgeschäft unter die Lupe zu nehmen. Oft war es das schlechte Gewissen, das einen Verfolgungswahn auslöste, diffuse Ängste, bei seinem Treiben erwischt zu werden. Wer ließ ihn beschatten? Frau Staudt mit Sicherheit nicht, sonst hätte das schmierige Etwas vom Vorabend diesen Auftrag nicht mir unterstellt. Wobei sie nach meinem derzeitigen Kenntnisstand allen Grund hatte, an der Integrität ihres Mannes zu zweifeln. Der Schlawiner verließ mit Sicherheit nicht zum ersten Mal den Hafen der Ehe, um in anderen Gewässern zu fischen.

Ich frühstückte fürstlich, nahm eine ausgiebige Dusche und verließ das Hotel. Bei einem kleinen Spaziergang überlegte ich das weitere Vorgehen. War mein Auftrag nicht schon erledigt? Im Prinzip schon.

Vorbei an ein paar Geschäften und Apotheken schlenderte ich Richtung Kirche, ein imposantes, neugotisches Gotteshaus, das den Ortskern beherrschte, jedenfalls das, was man als solchen bezeichnen konnte. Nur wenige Minuten weiter erreichte ich ein Internetcafé. Es musste einst eine Diskothek gewesen sein und bestand aus drei Ebenen. Ein größerer Raum gleich beim Eingang mit Theke zur Straßenseite und eine Fläche, die die Dorfjugend in besseren Tagen wahrscheinlich zum Tanzen animiert hatte, eine Treppe, die zu einer kleinen Galerie führte, eine weitere zu einem kleinen Raum in den Keller.

Ich war der dritte Gast. Zwei Männer saßen stumm auf ihren Barhockern und suchten ihr Glück in den blinkenden Geldspielautomaten.

»Guten Morgen, Sie haben Internet?«

»Ja, unten stehen drei Computer. Sie müssen Geld einwerfen. Wollen Sie auch was trinken?«

Die Dame war freundlich und nahm ihren Job ernst, obwohl der Laden nicht viel abwerfen konnte.

»Kaffee. Schwarz, bitte. Was macht das?«

»Der ist kostenlos.«

Sie merkte, wie ich stutzte.

»Ich bin hier nur die Bedienung. Der Chef meint, das gehört zur Kundenfreundlichkeit«, sagte sie und zuckte mit den Schultern. »Früher war das hier eine Goldgrube. Die ganze Dorfjugend kam ins *Astoria*. Das war eine Diskothek. Vor dreißig Jahren blieb man noch im Ort.«

»Tja, dann. Herzlichen Dank jedenfalls.«

Mit meinem Becher setzte ich mich an den PC und war erfreut, Aschenbecher vorzufinden. Hier durfte also geraucht werden. Ich checkte meine E-Mails, meinen Kontostand, der mich eindringlich ermahnte, den Auftrag in die Länge zu ziehen. Anschließend suchte ich nach Mietwagenfirmen und notierte Adressen und Telefonnummern.

Gegen ein Uhr war ich wieder in meinem Zimmer, zog die Schuhe aus, legte mich aufs Bett und telefonierte.

»Dreißig Euro pro Tag für einen Yaris. Tausend Freikilometer. Billiger kriegen Sie es nirgendwo.«

»Das hört sich gut an. Was für eine Farbe hat der Wagen?«

»Farbe? Danach fragen unsere Kunden eigentlich nie.«

»Ich mag es eher dezent«, erklärte ich. »Unauffällig.«

»Wäre Grau unauffällig genug?«, spöttelte mein Gesprächspartner.

Das gefiel mir. »Ja. Passt. Und das Kennzeichen? Ist der Wagen auf Trier zugelassen?«

Ich hörte ein tiefes Durchatmen.

»Ja. Trierer Kennzeichen. Da haben Sie aber keine Wahlmöglichkeit.«

»Okay, verstehe. In einer Stunde bin ich da.«

Ich bestellte ein Taxi und ließ mich nach Trier chauffieren. Der Verleih lag in der Nähe des Hauptbahnhofs. Der lästige Papierkram war schnell erledigt. In meinem neuen Gefährt machte ich mich schließlich auf den Weg nach Mehring. Um drei Uhr, gerade mal zehn Kilometer gefahren, klingelte mein Handy.

»Jeff, so früh?«

»Ähm … ja … ich habe heute einen Tag freigenommen und bin deinem Freund gefolgt.«

»Du wirst langsam teuer. Das hatten wir doch anders vereinbart.«

»Schon, aber ich hatte da so ein Gefühl.«

»Ein Gefühl? Ach was!«

»Alles klar, Castor, mach dich nur über mich lustig. Du musst mir die Stunden nicht bezahlen«, sagte er eingeschnappt. »Dann lege ich mal auf.«

»'tschuldigung«, er hatte in meinem Interesse gehandelt und augenscheinlich etwas Wissenswertes zu berichten. Ich hatte ihm unrecht getan. »Ich hatte einen Scheiß-Abend, Jeff, sorry, aber werde jetzt bitte nicht zickig. Komm, schieß los.«

»Er war heute Mittag bei *Borchardt* essen, in der Französischen Straße.«

»Jetzt sag mir bitte nicht, dass du das auch getan hast. Keine Spesen! Erst recht nicht für sauteure Läden!«

»Er war nicht allein«, fuhr er unbeeindruckt fort.

»Und?«

»Er hat Nathalie ausgeführt. Ich dachte, das könnte dich interessieren.«

Und ob! Wie ein Schlag in die Magengrube.

»Castor? Du bist so still?«

»Ich denke nach.«

»Nur um dich zu beruhigen: Sie sind anschließend getrennte Wege gegangen, also nichts mit ›Nach dem Essen sollst du rauchen oder ...‹«

»Lass stecken, Jeff«, unterbrach ich ihn, »wir müssen aufhören. Ich brauche beide Hände zum Lenken, hier kommt ein Kreisel. Bleib dran, okay? Und vielen Dank!«

Der Typ schmiss sich doch tatsächlich an meine Sekretärin ran! Nach allen Regeln der Kunst. Mittagessen in einem der teuersten und bekanntesten Restaurants in Mitte. Eines wusste ich. Die Spesenrechnung, die ich ihm nach Erledigung des Auftrags präsentieren würde, sollte ihm die Tränen in die Augen treiben. Und ich beabsichtigte, meine kleinen Rachegedanken gleich heute in die Tat umzusetzen. Zuvor allerdings beschloss ich, meine Intuition auf den Prüfstand zu stellen, weswegen ich das Weingut Kaufmann in Mehring ansteuerte. Dieses Mal parkte ich am Moselufer und lief die kurze Strecke hoch ins Dorf bis zur Gerberstraße. Bingo. Mein Näschen funktionierte also doch noch. Nicht einmal eine halbe Stunde musste ich warten, bis der Winzer und Staudt auf dem Traktor sitzend von der Weinlese zurückkehrten. Sehr smart! Seine Frau wähnte ihren Göttergatten in Mehring bei der

Traubenlese, er nutzte den Kurzaufenthalt in der Zweitwohnung für Eskapaden mit seinem Ruwerer Kumpel. Überzeugt, dass er seine Hörner am Vorabend ordentlich abgestoßen hatte und heute artig Wein keltern würde, kehrte ich Mehring den Rücken und fuhr zurück nach Trier.

Fünf Uhr, und ich fuhr planlos durch die Straßen. Hunger stellte sich ein. Seit dem Frühstück hatte ich nichts mehr gegessen. Der Verkehr war dicht. Stop and go, viele Ampeln. Meine Aufmerksamkeit schenkte ich den am Straßenrand parkenden Fahrzeugen. Mit Erfolg. Eine Dreiviertelstunde schon kurvte ich durch die Stadt, als ich plötzlich auf einem Parkplatz vor der Porta Nigra einen alten Jetta erblickte, dessen Scheiben leicht beschlagen waren. Man muss an verrückte Zufälle glauben, insbesondere in meinem Metier. Ich hielt an, suchte nach einem freien Platz und beschaffte mir ein Parkticket. Ich schaute mich um. Simeonstraße. Gegenüber dem Parkplatz, auf der anderen Straßenseite, lag eine Kneipe, dem Anschein nach eine alteingesessene Wirtschaft für Trierer Stammkunden, abgedunkelte Fenster, die den Blick in den Gastraum von außen verwehrten. Genau das Richtige für den Stinker!

Der Wirt zapfte apathisch Bier, würdigte mich nur eines flüchtigen Blickes. Der Möchtegern-Sherlock-Holmes redete auf zwei Trinkgesellen ein, die mit ihm an der Theke saßen, er mit dem Rücken zur Tür.

»Hey, Schwanzgesicht!«, rief ich und ging auf ihn zu.

Er drehte sich überrascht um, die Anrede schien ihm geläufig zu sein. Jede Farbe wich aus seinem Gesicht. Ahnend, was auf ihn zukam, hob er zur Abwehr die Hände. Ich packte seine linke, drehte sie nach außen, dass er aufschrie. Dann verpasste ich ihm mit der flachen Hand eine wuchtige Backpfeife, die ihn vom Hocker riss.

43

»Helft mir«, bettelte er seine verdutzten Kumpels an, während er nach seiner Brille suchte, die er beim Sturz verloren hatte.

Zuschlagen, solange der Gegner überlegt. Den ersten zog ich vom Barhocker in meine Richtung, sodass er das Gleichgewicht verlor, und rammte ihm mein Knie in den weichen Bauch. Dem anderen trat ich den Hocker unter dem Hintern weg. Er kippte nach hinten, schlug mit dem Kopf auf den Boden.

Die beiden waren unfähig, Widerstand zu leisten, und beschäftigten sich mit ihren Blessuren. Ich kümmerte mich um meine fragwürdige Bekanntschaft.

»Na, Anfänger!«

»Bitte! War doch nicht so gemeint ...«, stammelte er ängstlich.

»Halt's Maul! Brieftasche!«, raunzte ich ihn mit erhobener Faust an.

»Hier … hier.«

Auf dem Lichtbild seines Ausweises sah er auch nicht besser aus.

»Hesse! Was für ein illustrer Name für einen Stinker wie dich. Herrmann-Josef Hesse. Du solltest auf Fahrzeuge mit Klimaanlage umsteigen.« Hundert Euro hatte er in seinem Geldbeutel.

»Die Firma dankt«, sagte ich, als ich die Scheine einsteckte. »Schmerzensgeld für gestern Abend.«

Hesse nickte hastig.

»So. Und nun sagt mir mein Kollege noch, wer ihn beauftragt hat, unser gemeinsames Zielobjekt zu beschatten.«

Die Frage, ob er sich in Anbetracht weiterer schmerzhafter Denkhilfen kooperativ zeigen wollte, blieb unbeantwortet, da unser Tête-à-Tête von vier herbeieilenden Polizeibeamten jäh unterbrochen wurde. Der Wirt musste sie gerufen haben, während ich Hand angelegt hatte. Mit vorgehaltener Waffe verschafften sie sich den nötigen Respekt.

»Auseinander! Aufstehen!«

Ich ließ von Hesse ab und hob vorsichtshalber die Hände.

»Was ist hier passiert?«

Der Wirt wollte sich zu Wort melden, doch Hesse ergriff die Initiative.

»Streit unter Freunden, Herr Wachtmeister«, sagte er schleimig, »Frauengeschichten.«

»Frauengeschichten?« Der Beamte schaute ungläubig in die Runde. »Hier ist nicht eine Frau. Wollen Sie mich auf den Arm nehmen?«

»Nein, nein, um Gottes willen! Castor«, sagte er in meine Richtung, »sag's ihnen. Und glaub mir, ich hatte wirklich nichts mit deiner Freundin.«

»Können Sie das bestätigen?«, fragte der Beamte den Wirt und Hesses Kumpel. Allenthalben ein zögerliches »Ja«, das meine und Hesses Haut rettete. Weder er noch ich hatten das geringste Interesse daran, dass sich die Polizei in unser Geschäft einmischte. Das war aber auch das Einzige, was uns einte. Unsere Personalien wurden noch aufgenommen und ich gebeten, das Lokal zu verlassen. Viel mehr war ohne Erstattung einer Anzeige eines der Beteiligten nicht drin. Der Job des Polizisten konnte genauso frustrierend wie der eines Privaten sein.

Der Abend war noch jung, und das Wetter beflügelte meinen Tatendrang. Das satte Abendrot am dunkel werdenden Himmel versprach einen weiteren sonnigen Herbsttag. Petrus meinte es gut mit den Winzern. Ich hatte Durst und Hunger und lief durch die Fußgängerzone, vorbei am Hauptmarkt, Richtung Fleischstraße, bis ich das Bitburger Wirts-

45

haus am Kornmarkt erreichte. Der Stil des Gebäudes passte zu seiner früheren Verwendung, als es der französischen Armee noch als Offiziersmesse gedient hatte. Für den Durst bestellte ich zunächst einen erfrischenden Viez.

»Möchten Sie etwas zu essen bestellen?«

»Ja, unbedingt«, antwortete ich dem Kellner. »Sagen Sie mal, was ist denn Trierer Teerdisch?« Auf der Karte wurde Kassler mit dieser sonderbaren Beilage angeboten.

»Eine Spezialität der Region. Kartoffelpüree mit Sauerkraut gemischt. Kann ich Ihnen empfehlen.«

Ich nahm die Herausforderung an, und obwohl der Kellner beteuerte, ein Weißwein passe besser zum Gericht, bestellte ich noch einen roten Burgunder dazu. Keine zwanzig Minuten später stand das duftende Mahl vor mir.

»So, bitte schön, der Teerdisch is ferdisch, wie wir Trierer sagen. Guten Appetit!«

Eine üppige Portion Püree mit Sauerkraut und ein großzügiges, zartes Stück Kassler waren jetzt genau das Richtige. Man liebt es deftig an der Mosel. Den Nachtisch hob ich mir für später auf.

Nachdem der letzte Schluck Wein getrunken war, zahlte ich und machte mich auf den Rückweg zu meinem Wagen an der Porta Nigra. Nach dem Essen sollst du rauchen, hatte Jeff den alten Spruch bemüht. Genau das »Oder« hatte ich vor und fuhr Richtung Bitburg. *Scheherazade* hieß mein Ziel. Wie Staudt parkte ich meinen Wagen hinter dem Gebäude, obwohl ich die Sorge erkannt zu werden, nicht mit ihm teilen musste. Für ein Bordell war das Ambiente erstaunlich angenehm, gedämpftes Licht, eine moderne Theke, mehrere Sitzgruppen mit weichen, roten Ledersesseln, violett und rosa gestrichene Wände. Kuschelrock komplettierte die selbst ernannte Wohlfühloase. Eine Wendeltreppe führte zu den

46

Zimmern im oberen Bereich. Es herrschte ein ruhiges Kommen und Gehen. Man bandelte in der Bar an, trank ein, zwei Gläser mit dem Mädchen seiner Wahl und verschwand schließlich zu zweit oder zu dritt zum Vollzug in die Schlafzimmer.

Ich setzte mich an die Theke und bestellte einen *Jameson*.

»Zum ersten Mal bei uns?«, fragte mich die Bardame freundlich.

»Ja. Merkt man das?«

Sie lachte. »Nein. Du wirkst nicht besonders nervös. Dein Gesicht hätte ich mir gemerkt. Also, ich gebe dir erst mal die Karte. Da kannst du genau sehen, was du für welche Leistung zahlst. Viel Spaß.«

Sehr kundenfreundlich, dachte ich. Keine miese Abzocke. Trotzdem befremdete mich die Aufstellung sexueller Praktiken und Stellungen mit Angabe der jeweiligen Preise, ähnlich wie eine Speisekarte. Einmal die Fünf, Französisch, etwas pikant bitte, als Hauptspeise dann die gutbürgerliche Missionarsstellung.

Eine junge Rothaarige setzte sich auf den Barhocker neben mir. Das hellblaue Kleidchen aus Satin, das sie trug, war überall dort tief ausgeschnitten, wo Männerblicke zuerst hinwanderten. Makellose Beine, Brüste, gepflegte Füße in High Heels und türkisfarbene Augen zum Versinken.

»Hi, ich bin Sonja. Na, schon was ausgesucht?«, fragte sie keck.

»Ähm … nun … das hört sich alles prima an. Hast du eine Empfehlung?«

Sie schob sich näher an mich heran, sodass ihre warmen Schenkel meine Beine berührten. »Gibst du mir einen aus?«

»Gerne, was magst du? Schampus?« Ich ging davon aus, dass die Mädchen gehalten waren, möglichst teuer zu bestellen.

»Nein, einen Gin Tonic hätte ich gerne.«

Wir stießen an.

Dann beugte sie sich nach vorne und flüsterte mir ins Ohr: »Wenn du mich fragst, also ich reite gerne. Aber du suchst natürlich aus.«

Wir gingen nach oben. Auch hier ein zwar kitschiges Interieur, aber durchaus dem Zweck entsprechend einladend. Ein großes, rundes Bett mit roten Bezügen, eine Stehlampe, Fotografien von Helmut Newton an den Wänden, der Raum war vielleicht zwölf Quadratmeter groß, nebenan ein kleines Bad mit Toilette, Bidet und Handwaschbecken en suite. Ihre Fingerfertigkeit beeindruckte mich. In Sekundenschnelle war ich von Null auf Hundert. Lag es an der wochenlangen Abstinenz oder an ihrem traumhaften Körper und den gekonnten Bewegungen, aber nach fünfzehn Minuten hatte sie mich so weit.

»Hat es dir gefallen?«, sagte sie nur, als sie abstieg und ins Bad ging. Ich suchte nach meinen Zigaretten.

»Hey, du hast dich ja immer noch nicht angezogen«, meinte sie vorwurfsvoll, als sie zurückkam.

»Nein. Komm her, leg dich zu mir und lass uns eine Zigarette rauchen.«

»Das geht nicht, die Zeit ist vorbei.«

Ich griff nach meiner Jacke, die auf dem Boden lag, zückte meinen Geldbeutel und legte einen Hunderteuroschein auf den Nachttisch.

»Oh«, sie legte sich zu mir, »zweite Runde?«

»Nein. Nur nebeneinanderliegen, Sonja, deinen Körper spüren. Ist das okay?«

Sie schmiegte sich an mich, nahm meine Hand und legte sie auf ihre Brust. Ich streichelte sie. Sie war klein und fest, ein blasser Warzenhof und rote, stehende Nippel.

»Du bist nicht verheiratet«, sagte sie, als sie meine Hand betrachtete.

»Stimmt. Wie kommst du darauf?«

»Du trägst keinen Ring. Und man sieht auch keinen Abdruck. Du hast starke Hände. Du bist anders.«

»Anders? Was meinst du?«

»Die meisten Kunden wollen nur Sex. Guten Sex. Nicht den Fick, den sie mit ihrer Frau haben, am Wochenende. Die jungen Burschen suchen das Verbotene. Den Kick. Bisher hat noch keiner hundert Euro gezahlt, nur um neben mir zu liegen. Danke. Ihr älteren Männer seid eine Wohltat.«

Ich streichelte ihren zarten Rücken und war verliebt. Verliebt für eine halbe Stunde. Aber sie war es wert.

»Ein guter Bekannter hat mir das *Scheherazade* empfohlen, und er hatte recht. Jochen hat Geschmack.«

»Jochen? Ihr seid Freunde? Er ist Stammgast. Manchmal bringt er seinen Freund mit. Sie sind großzügig und wirklich nett.«

»Ja, genau. Jochen Staudt. Freund ist zu viel gesagt. Gute Bekannte eben. Wie heißt noch mal sein Kumpel?«

Sonja richtete sich abrupt auf.

»Hey! Willst du mich aushorchen? Keine Namen! Diskretion gehört zu unserem Job!«

»Entschuldige, konnte mich nur nicht mehr erinnern. Zweite Runde?« Ich legte einen weiteren Hunderter auf den Nachttisch.

Sie lächelte. »Und wie?«, fragte sie.

»Missionar.«

4. Kapitel

Sweet dreams. Mein Besuch im *Scheherazade* hatte mich auf angenehmste Weise erschöpft, und ich schlief wie ein Murmeltier, einen erholsamen Schlaf mit zuckersüßen Träumen. Sonja, Nathalie, Katharina bildeten den Süßstoff, aber auch längst vergessen geglaubte Liebschaften, vom ersten Kuss bis zum ersten Sex. Sabine. Ja, natürlich, das Mädchen mit den Sommersprossen aus der Parallelklasse. Siebzehn waren wir, als sie mich bat, ihr in Mathe auf die Sprünge zu helfen, ihre Eltern seien im Theater und wir könnten ungestört lernen. Wir lernten. Nicht Mathematik, Geometrie oder Algebra. Wir lernten den Körper des anderen Geschlechts kennen. Ein Gefühl von Ewigkeit, *la petite mort*, der kleine Tod, so trefflich von der Nation der Liebe beschrieben. *Du siehst, wohin du siehst, nur Eitelkeit auf Erden.* Der alte Gryphius wurde wahrscheinlich ähnlich schamlos sitzen gelassen, als ihm ein Nebenbuhler mit Moped seine Angebetete entriss. Obwohl, bei Gryphius war es wohl eher ein prächtiger Schimmel gewesen, in meinem Fall eine klapprige Zündapp.

Mein Schlaf endete abrupt, als mein Telefon klingelte. Halb neun. Spät genug.

»Hallo?«

»Herr Dennings? Roller hier.«

Kriminalhauptkommissar Roller. Ich hielt kurz inne und suchte nach einem Grund für seinen Anruf. Klar, die kleine Auseinandersetzung vom Vorabend. Vermutlich wurden die Kollegen von der Kripo routinemäßig über den Vorfall unterrichtet. Bei meinem Namen mussten bei Roller sämtliche Alarmglocken angeschlagen haben.

50

»Oh, was für eine Ehre! Wie geht es Ihnen, Kollege?«

»Prima. Sehr gut, Herr Dennings. Und Sie werden mir kaum glauben, aber ich freue mich, mal wieder von Ihnen zu hören. Ich habe nicht vergessen, was Sie für mich getan haben. Tja, nur die Umstände machen mich ein bisschen nervös. Gestern Abend, die Auseinandersetzung in der *Langen Theke*, Sie mittendrin. Ein neuer Auftrag, oder? Und der gute Hesse arbeitet an der gleichen Geschichte, richtig?«

»Sie kennen Hesse?«

»Ja, klar. Er hat seit Jahren eine Detektei in Trier. Sein täglich Brot sind kleine Fische, oft verdingt er sich als Kaufhausdetektiv. Aber er kooperiert gut mit den Polizeidienststellen.«

Ich zündete eine Zigarette an und inhalierte den heißen Rauch mit Genuss. Die erste am Morgen war genauso schön wie die Zigarette danach.

»Tja«, fuhr er fort, »jetzt dachte ich mir, ich rufe Sie mal an. Vielleicht sind Sie ja an einer Sache, die für mich relevant sein könnte. Oder werden könnte.«

»Das glaube ich nicht, *cher ami*. Sie tragen übrigens eine Mitschuld, dass ich hier bin, Herr Kommissar.«

»Staudt?«, folgerte er richtig.

»Treffer.«

»Hm … Wir kennen uns schon lange, und er schien mir besorgt zu sein. Nichts, wobei ich ihm helfen konnte, kein Verbrechen, keine Drohungen. Fehlanzeige, nur ein Gefühl. Und er hat Sie auf meine Empfehlung hin kontaktiert, Herr Dennings?«

»Ja, aber ich bestätige nichts. Diskretion gegenüber meinen Auftraggebern gehört zu den wenigen Tugenden, die ich peinlichst genau einhalte.«

»Okay.« Roller gab sich geschlagen. »Dann werden Sie mir auch nicht verraten, welche Rolle Hesse in der Geschichte spielt, stimmt's?«

51

»Stimmt«, antwortete ich knapp.

»Nun gut. Dann ... tja dann ... Freut mich, mit Ihnen geplaudert zu haben. Wenn Sie Hilfe brauchen, Herr Dennings, das meine ich ehrlich, melden Sie sich. Sie haben ja meine Nummer.«

»Danke. Ich hoffe nicht, dass ich sie brauche. Machen Sie es gut.«

Roller legte auf. Dieses Mal hatte ich jeden Anschein von Überlegenheit gegenüber der Staatsgewalt vermieden. Mir war es lieber, unbehelligt zu bleiben und den hungrigen Kriminalbeamten auf meiner Seite zu wissen.

Nach einem Blitzaufenthalt im Bad eilte ich zum Frühstück und las dabei die lokale Zeitung. Während ich mein frisches Butterbrötchen aß, blätterte ich in der Immobilienbeilage. Einige Inserate zeigten kleine Fotos der zum Kauf angebotenen Objekte. Mein Blick blieb bei einem kleinen Fachwerkhaus haften. *Wasserbillig, Luxemburg, altes Fachwerkhaus, leicht renovierungsbedürftig, 120 qm Wohnfläche, Wohnküche, Bad, Gästetoilette, idyllisch gelegen, schneller Anschluss zur Autobahn nach Trier und Luxemburg, Grundstücksgröße 300 qm, Verhandlungsbasis: 100.000 Euro.* Es folgten der Name des Maklers und eine Telefonnummer. Ein aberwitziger Gedanke schoss mir durch den Kopf. Berlin den Rücken kehren und sich an der Mosel niederlassen. Ein ausgesprochener Stadtmensch auf der Dauer in der Provinz? An der Mosel? In Gedanken wog ich Vor- und Nachteile ab. Ich bewegte mich in Riesenschritten auf das Rentenalter zu. Ein paar lukrative Aufträge würde ich jederzeit an Land ziehen können. In Berlin zahlte ich eine horrende Miete für die Detektei und meine kleine Wohnung, und bis auf Mitte und einige wenige andere Stadtteile konnte auch die Hauptstadt auf ihre ganz besondere Weise extrem spießig und miefig sein. Anspruch und Wirklichkeit hielten sich nicht die Waage, und die alte Leier von arm aber sexy hing mir zum Hals raus. Und dann die historisch niedrigen Darlehenszinsen, die Nähe zu Frankreich und Belgien, das Verhältnis zu Nathalie. Vieles sprach für einen Neuanfang.

Ich riss die Anzeige aus der Zeitung und steckte sie in meine Brieftasche.

Zehn Uhr. Ganz umsonst sollte Staudt junior nicht zahlen müssen. So machte ich mich nach Frühstück und Dusche auf den Weg nach Sirzenich, zu *OmniFen*. Weit und breit kein Wagen mit beschlagenen Scheiben und auch sonst kein verdächtiges Fahrzeug, in dem ich Hesse vermuten konnte. Staudt musste im Büro sein. Sein Wagen stand auf dem Firmenparkplatz, ganz prominent auf einer etwas größeren Stellfläche gleich neben dem Eingang zum Bürogebäude des Komplexes. Eine halbe Stunde verging, bis sich die Glastür öffnete und eine adrette, junge Dame mit Aktenmappe in Begleitung von Staudt herauskam. Er schien ihr ein paar Anweisungen zu geben und kehrte anschließend ins Gebäude zurück, während sie, offenbar eine Mitarbeiterin, in ihren Wagen stieg und das Gelände verließ. Ich folgte ihr. Sie fuhr nach Trier, Richtung Ostallee, vorbei an den Kaiserthermen und stellte ihren Wagen auf den Parkplatz neben der Basilika. Schnurstracks lief sie zum Kurfürstlichen Palais, ein prunkvoller Rokoko-Palast, der die Aufsichts- und Dienstleistungsdirektion beherbergte. Was für eine Kulisse für Staatsdiener! Mit gebührendem Abstand ging ich ihr nach. Nur wenige Minuten nach ihr betrat ich das Palais und wendete mich an den Empfang.

Ein leidenschaftsloses Faktotum mit schwabbelndem Doppelkinn hob gelangweilt den Kopf. »Ja, bitte?«

»Entschuldigen Sie, eben kam hier eine junge Frau mit Aktentasche rein. Ich parke zufällig auf dem gleichen Parkplatz wie sie und glaube, dass sie das Licht an ihrem Fahrzeug angelassen hat. Nicht, dass sie gleich eine leere Batterie hat.«

»Hm ... und?«

»Na ja, vielleicht wissen Sie ja, wo sie ist und benachrichtigen sie. Wäre ja eine ganz nette Geste, oder?«, half ich ihm auf die Sprünge.

»Nette Geste ...«, brummelte er vor sich hin, als er zum Telefon griff. Er musste ein paar Sekunden warten, bis abgehoben wurde. »Herr Stock, bitte entschuldigen Sie die Störung, aber könnten Sie Frau Lunkenheimer fragen, ob sie das Licht an ihrem Fahrzeug angelassen hat? Hier ist ein Herr, der meint, sie hätte vergessen es auszumachen.« Wieder wartete er ein paar Sekunden. »Ja ... gut. Vielen Dank, Herr Stock ... Hätte ja sein können.« Dann wandte er sich an mich. »Das Licht geht automatisch aus, wenn der Zündschlüssel gezogen wird. Sie müssen sich getäuscht haben.«

»Ah, na umso besser ... ach, sagen Sie, hat sie etwa einen Termin bei Richard Stock? Richard ist nämlich ein alter Schulfreund.«

»Erwin Stock. Sie täuschen sich schon wieder. Hier arbeitet kein Richard Stock«, sagte er genervt.

»So was aber auch. Definitiv nicht mein Tag. Nichts für ungut. Einen schönen Tag noch.«

»Wiedersehen.«

Informationsgewinnung war alles, auch wenn ich nicht wusste, ob mir die gewonnene Information, dass Frau Lunkenheimer von *OmniFen* einen Termin bei Erwin Stock hatte, in geringster Weise von Nutzen sein konnte. Immerhin war ich nicht untätig geblieben, entschied aber, mir den Rest des Tages freizugeben. Ein kleiner Ausflug nach Thionville, Wein kaufen, ins *Fnac* gehen und nach Comics stöbern, bei einem

54

Roten darüber sinnieren, welche Vorteile die Selbstständigkeit mit sich brachte. *Le temps de vivre*, Zeit zu leben, wie Moustaki einst sang. Ich nahm mir die Zeit.

* * *

Am nächsten Tag wollte ich aktiver sein und vor allen Dingen in Erfahrung bringen, ob ich meinen Aufenthalt verlängern sollte oder nicht. Ich rief Staudt junior an.

»Herr Dennings! Ich dachte schon, Sie seien verschollen. Ihnen scheint es an der Mosel zu gefallen.« Sein süffisanter Unterton spornte mich an.

»Eine hübsche Gegend, da gibt es nichts zu mäkeln, und interessante Menschen.«

»Ah, Sie kommen zur Sache, das ist gut so. Was haben Sie herausgefunden?«

»Das Verhalten Ihres Vaters scheint nicht unbegründet zu sein. Er ist ein umtriebiger, viel beschäftigter Mann, ob im Büro oder in seinem Weinberg in Mehring. Körperlichen Ausgleich findet er im Bordell. Ich bin ihm nach Bitburg gefolgt, wo er mit einem Bekannten ein Laufhaus besucht hat.«

Ich machte eine Pause und wartete auf eine Reaktion. Überraschung, Entrüstung, irgendetwas dieser Art. Fehlanzeige.

»Mein alter Herr«, sagte er müde, »eine ausgeprägte Libido, Respekt. Aber ist das alles, Herr Dennings?«

»Bemerkenswert, Sie sind nicht überrascht?«

»Sollte ich das sein?«, antwortete er. »Ich habe damit kein Problem, solange er ordentlich mit meiner Mutter umgeht. Und das tut er. Er ist ein sorgsamer Familienvater. Mein Gott, wo leben wir? Im 21. Jahrhundert, oder? Ganz ehrlich, halten Sie Monogamie für normal? Das ist doch nicht alles, was Sie in Erfahrung gebracht haben?«

55

»Ist es nicht, Herr Staudt. Interessanter dürfte für Sie sein, dass Ihr Vater dabei mehr oder weniger unter ständiger Beobachtung steht. Ein Privatdetektiv observiert ihn. Wer ihn beauftragt hat, kann ich Ihnen nicht sagen. Zumindest nicht seine Frau, von der er vermutete, dass sie meine Auftraggeberin sei.«

Staudt wurde spürbar unruhiger. Seine Stimme klang besorgt.

»Ein Privatdetektiv? Jemand aus Ihrer Branche? Sie haben also mit ihm gesprochen. Wie heißt er?«

»Ich weiß es nicht«, log ich. »Eine sehr unliebsame und schmerzhafte Begegnung. Ich kann mir kaum vorstellen, dass wir Freunde werden. Ein unappetitlicher Zeitgenosse, der mich mit einem Schlagring überrascht hat. Aber gut, das gehört zum Job, ich will nicht klagen.«

»Gut ... gut. Herr Dennings, finden Sie heraus, wie der Bursche heißt und wer sein Auftraggeber ist. Das dürfte ja nicht so schwierig sein. Ein oder zwei Tage noch sollten reichen. Schaffen Sie das?«

Ich zündete eine Zigarette an und grinste in mich hinein. Zwei weitere Tage ordentlich bezahlter Urlaub. »Herr Staudt, ich kann höchstens noch zwei Tage hier bleiben. Die Verpflichtungen in Berlin rufen. Den Namen des Detektivs garantiere ich Ihnen, den seines Auftraggebers kann ich Ihnen nicht versprechen.«

»Warum? Haben Sie keine wirksamen Methoden, das herauszufinden?«

»Was meinen Sie? Ihn im Dunkeln auflauern und unter Androhung von Gewalt den Namen herauskitzeln? Sie lesen zu viele Krimis, mein Freund.«

Er atmete tief durch. »Okay, okay, max zwei Tage. Wir hören uns, Herr Dennings.«

Das Telefonat trug nicht dazu bei, dass Staudts Sympathiewerte bei mir stiegen. Ich freute mich schon darauf, ihm eine gesalzene Schlussrechnung zu präsentieren, deren Summe noch höher ausfallen sollte, nachdem ich mit Jeff gesprochen hatte. Eine halbe Stunde war seit dem Gespräch mit Staudt vergangen, als er sich bei mir meldete. Seine Begeisterung, für mich zu arbeiten, schien gewichen, seine Stimme klang sonderbar, erstickt, als hätte er eine Kartoffel im Mund.

»Kannst du deutlicher sprechen, Jeff? Du knödelst wie eine Amerikanerin nach einer Flasche Jägermeister.«

»Danke, wer den Schaden hat, spottet jeder Beschreibung, oder?«

»Was ist los?«

»Ich habe eine dicke Backe und ein Veilchen. Das ist los.«

»Uh … sorry, Kumpel. Zahnarzt?«

»Nein. Ein Freund deines Freundes. Ein Riesenarschloch. Er hat mich erwischt.« Jeff schwieg, wartete auf meine Nachfrage und verlieh seinem Erlebnis damit die gehörige Bedeutung.

»Mist«, sagte ich. »Erzähl, was ist passiert? Lass dir nicht jedes Wort aus der Nase ziehen.«

»Nathalie«, begann er. Er wusste genau, dass die Erwähnung ihres Namens die größte Aufmerksamkeit hervorrief. »Sie hatte schon wieder ein Rendezvous mit diesem Typ. Staudt. Sie waren schick essen, und danach ging es zu ihm nach Hause, seinem schicken Loft. Wirklich schick. Wenn es dunkel ist, das Licht brennt und die Rollläden noch nicht heruntergelassen sind, kann man von der Straße sehr gut die noble Innenausstattung sehen, die Wendeltreppe, die vom Wohnzimmer in die Galerie führt. Zum Schlafzimmer.«

»Okay, Jeff! Weiter!«, raunzte ich ihn an.

»Also, ich stand draußen. Ich konnte die beiden im Wohnzimmer sehen. Nathalie sah phantastisch aus. Sie hatte sich

57

hübsch gemacht. Sie tranken Schampus, und er legte Musik auf. Dann tanzten sie. Alles schick. Tja, und dann ...«

»Was? Was dann?«

»Plötzlich tippte mir einer auf die Schulter. Ich drehte mich um, und zack, hatte ich eine Faust auf dem Auge. Ich fiel sofort auf den Boden. Der Typ sah nicht danach aus, aber er war total durchtrainiert. Ein Schönling. Pechschwarze Haare, schön frisiert, glatt rasiert, enges T-Shirt und schwarze Lederjacke. Er hob mich hoch und verpasste mir eine Backpfeife, dass ich Sterne sah. Was für ein Wichser ich denn sei, sagte er, dass ich auf der Straße stehe und Wohnungen beobachte, ein armseliger Spanner. Er habe mich schon einmal gesehen. Schleunigst vom Acker solle ich mich machen. Ich habe noch versucht, ihn zu beschwichtigen, reiner Zufall, dass ich hier stehe und so. Dann trat er mir in den Hintern. Auf ein Handgemenge habe ich mich nicht eingelassen. Da hätte ich alt ausgesehen. Also bin ich gegangen, bis ich außer Sicht war und er im Hauseingang verschwand. Anschließend lief ich zurück und konnte gerade noch sehen, dass die Party zu dritt weitergehen sollte. Was dann ablief, weiß ich nicht, die Rollläden gingen runter.«

»Mit solchen Typen lässt sich Nathalie ein. Ich dachte, sie sei reifer.«

»Hoho, Castor, du übertreibst. Und was ist, wenn du einen kurzen Rock und ein prall gefülltes Dekolleté siehst? Auf die inneren Werte schauen, ha?«

Jeff hatte natürlich recht. Staudt sah gut aus, war vermögend und charmant. Natürlich hatte er einen Schlag bei Frauen.

»Aber sei unbesorgt«, fuhr er fort. »Ich kann ja nur ahnen, was da abgehen sollte, ein fröhlicher Dreier oder so was. Nathalie jedenfalls schien es nicht zu gefallen. Zehn Minuten, nachdem der Typ gekommen war, verließ sie das Haus, mit ausladenden Schritten und gesenktem Kopf. Wie ein Boxer auf dem Weg in den Ring. Sie muss ziemlich stinkig gewesen sein.«

Ich atmete tief durch und zündete eine Zigarette an.

»Erleichtert?«, fragte Jeff.

»Hm … irgendwie schon«, antwortete ich. »Klar, sie kann machen, was sie will. Sie ist mir keine Rechenschaft schuldig. Trotzdem … ach … ist ja auch egal.«

»Hey, du wirst sentimental. Wie geht es denn jetzt weiter?«

»Spätestens übermorgen bin ich wieder in Berlin. Hör zu, Jeff. Lass Staudt sein. Pass ein bisschen auf Nathalie auf. Ruf sie an, sie kennt dich ja, lade sie zum Essen ein, ins Kino, irgendwas, und lenke sie ab.«

Frauen. Trotz schwacher Momente, in denen ich mich nach einem Partner sehnte, bestärkte mich diese neuerliche Erfahrung, meinem Junggesellendasein treu zu bleiben. Lieber verliebte ich mich jeden Tag aufs Neue, als mich mit Gefühlen wie Eifersucht, Sehnsucht, Angst herumzuschlagen. Staudt war ein Arschloch vor dem Herrn, aber in einem behielt er recht: Der letzte monogame, glückliche Mann musste Adam gewesen sein. Der Herr hatte es ihm auch leicht gemacht. Nur ein Weib lockte ihn, und sie hatte auch keine Alternativen.

Hesse. Wer hatte ihn engagiert? Was fürchtete Staudts Vater? Dass seine außerehelichen Aktivitäten ans Tageslicht gerieten? Maximal zwei Tage. Zwei weitere Tage Urlaub, frische Luft, gutes Essen, moselfränkische Langsamkeit.

5. Kapitel

Ein kleiner Grenzort. Ohne Bedeutung. Ohne Ortskern. Ohne Interesse. Aber mit Tankstellen. Wasserbillig, Luxemburg. Obwohl sich die Preise weitestgehend angeglichen hatten, profitierte der kleine Grenzverkehr hier immer noch von etwas billigerem Benzin und Zigaretten. Ganz gediegen und legal, anders als die Ausflüge der Berliner und Brandenburger ins benachbarte Polen.

Was mich geritten hatte, einen Termin mit dem Makler zu vereinbaren, konnte ich mir selbst nicht erklären. Als eingefleischter Großstädter ein plötzlicher Sinneswandel und Rückzug aufs Land? *Si j'aurais pu j'aurais aimé vivre à la campagne.* Wenn ich gekonnt hätte, hätte ich gerne auf dem Land gelebt. Nino Ferrer hatte seinen Traum verwirklicht und sich auf dem Land eine Kugel durch den Kopf gejagt.

»Herr Dennings! Freut mich, Sie kennenzulernen!«

»Hallo, Herr Juncker, das ist also das Objekt?«

Das kleine Fachwerkhaus lag oberhalb der Sauer, dem linken Nebenfluss der Mosel, in einer schmalen Straße, die eng zulief und vermutlich im Grünen endete.

»Ja«, sagte er knapp und musterte mich, auf eine Reaktion wartend. Da sie nicht folgte, leierte er die Vorzüge der Immobilie herunter. »Das Haus wurde um 1900 erbaut, vor ungefähr dreißig Jahren wurden Heizung und Rohrleitungen renoviert. Die Sanitäranlagen sind in Ordnung, die Substanz ebenso. Schauen Sie sich das Holz an: Pfosten, Streben und Schwellen sind aus Stieleiche und weisen keinerlei Fäulnis auf. Ich will Ihnen nichts vormachen. Saniert werden müssten die Zwischenräume. Der Putz hat mit den Jahren gelitten, und an einigen wenigen Stellen ist Feuchtigkeit durch die Lehmbausteine gedrungen.«

»Aha?«

»Nichts Dramatisches, Herr Dennings. Aber es ist klar, dass der niedrige Preis seinen Grund hat.«

»Hm.«

Ich machte keinerlei Anstalten, auch nur in der geringsten Form Gefallen zu zeigen.

»Über den ließe sich bestimmt auch noch sprechen, Herr Dennings«, fügte er schnell hinzu, als er seine Felle davonschwimmen sah.

Wir unternahmen noch einen schnellen Rundgang. Alle Räume waren klein, bis auf die Wohnküche. Ess- und Wohnzimmer im Erdgeschoss, eine Toilette, im Obergeschoss drei kleine Schlafzimmer und ein Bad.

»Was sagen Sie? Haben Sie Familie? Wahrscheinlich sind Ihre Kinder schon groß? Die Infrastruktur ist hervorragend. Sie sind in Nullkommanichts in Trier, Luxemburg, Frankreich, Belgien, alles vor der Haustür! Die Autobahn ist nur ein paar Minuten entfernt.«

Juncker redete sich um Kopf und Kragen.

»Ich werde nachdenken. Vielen Dank. Sollte ich mich für einen Kauf entscheiden, würde ich mir das Haus gerne noch einmal mit einem Gutachter anschauen.«

»Bestens! Sie haben ja meine Nummer. Rufen Sie mich jederzeit an. Alles Gute, Herr Dennings.«

Es gab noch beschissenere Jobs als meinen, und den des Immobilienmaklers zählte ich dazu. Meinen Wagen hatte ich auf einem Parkplatz in der Hauptstraße abgestellt. Als ich dort ankam, war ich überrascht, Hesse anzutreffen.

»Sieh mal einer an! Du bist mir gefolgt?«

Ich schaute mich um. Er war allein.

»Friedenspfeife, Dennings? Wir sind doch quitt, oder? Ich habe dir eine verpasst und du mir.«

Ich konnte die ungelenke Charmeoffensive nicht nachvollziehen.

»Du bist doch ein alter Fuchs, Hesse, richtig? Und so wie du aussiehst, hast du schon mehrmals eins auf die Mütze bekommen. Was willst du?«

Er kicherte wieder mit seiner unerträglich hellen Stimme.

»Ich bin ein schlechter Schauspieler, gell?«

Ich nickte.

»Na gut. Also, es stimmt, dass du hier immer noch herumturnst, macht mich ein bisschen nervös, weißt du. Ich glaube dir nicht, dass dich Staudts Frau engagiert hat. Dann wäre dein Auftrag doch quasi erledigt und im Hause Staudt die Kacke am Dampfen.«

»Da ist was dran«, sagte ich. »Muss aber nicht sein. Unter uns: Du hast bei guter Bezahlung doch bestimmt auch schon den ein oder anderen Auftrag in die Länge gezogen?«

»Jajaja … hihihi … So läuft das Geschäft.«

»Und noch was, Hesse. Du glaubst, ich würde dir einfach so sagen, wer mich beauftragt hat? Ohne dass du mir deinen Auftraggeber nennst?«

Er schüttelte den Kopf und nahm ein Briefkuvert aus der Tasche.

»Nicht einfach so. Hier sind tausend Euro drin. Na, Dennings?«

Wie gerne hätte ich das Geld genommen. Sein siegessicheres Grinsen weckte den nötigen Widerstand, das bisschen Stolz und Anstand, die mit meinem Beruf gerade so kompatibel waren.

»Du zögerst?«, fragte er überrascht.

»*C'est la vie*. Vielleicht komme ich auf das Angebot zurück.« Ich stieg in mein Auto und zündete den Motor. »Wir sehen uns, Hesse.«

»Warte mal, Dennings, warte!« Trotz seines unförmigen Körpers gelang es ihm, sich mit einem beherzten Sprung vor meiner Motorhaube zu postieren. Hätte ich die Kupplung schneller kommen lassen, wäre er ein Fall für die Notaufnahme der Chirurgie geworden.

»Du Spinner, was soll das?«, schrie ich ihn an, drehte den Zündschlüssel und stieg aus.

»Dennings, Dennings«, hechelte er aufgekratzt. »Hier ist genug für uns beide zu holen. Ich habe da schon eine Idee. Du unterschätzt mich, okay, aber ich habe Menschenkenntnis. Du bescheißt nicht, gell, das weiß ich, das rieche ich.«

»Ich rieche was ganz anderes«, antwortete ich lakonisch, als er für meine Begriffe viel zu dicht vor mir stand.

Traurig ging er einen Schritt zurück. »Ich hab's mit den Drüsen. Das ist nicht einfach.«

Ich wusste nicht, dass es Stinkdrüsen gab, aber wenn, dann musste er sie für sich gepachtet haben.

»Lass uns gemeinsame Sache machen, Dennings. Partner, na?« Erwartungsvoll riss er die Augen auf. »Und wenn du ja sagst, dann lade ich dich zu einem kleinen Ausflug ein, nach Ramstein. Dein Freund Staudt hat da einen Termin. Nicht allein.«

Hesse wusste einiges, und er schien bereit, sein Wissen zu teilen.

»Du hast Schiss, Hesse, stimmt's?«

Jetzt lief er rot an.

»Schiss, dass dir die Sache über den Kopf wächst?«, setzte ich nach.

63

Er fing sich. »Schade, Dennings. Ich habe mehr von dir erwartet. Fangen wir von vorne an.« Er wedelte mit dem Briefumschlag.

»Die Fronten sind wohl verhärtet, Hesse. Ich bin nicht käuflich, und ich arbeite grundsätzlich alleine.«

Hesse entfernte sich von meinem Wagen, den Kopf gesenkt. Ich startete den Motor, winkte ihm zu und fuhr los.

* * *

Richtig weiter kam ich nicht, wenn ich keine Gewalt anwenden wollte. Gutes Zureden würde Hesse kaum dazu bewegen, mir den Namen seines Auftraggebers und den Grund seiner Recherchen preiszugeben. Nicht käuflich. Ich Idiot. Selbstachtung im falschen Moment konnte in den Ruin treiben. Hesse schien dick im Geschäft zu sein, einen Auftraggeber zu haben, der mindestens ähnlich finanzstark wie Staudt war. Die Nervosität des Seniorunternehmers war begründet, und der Sohnemann witterte die drohende Gefahr. Hier war mehr drin, wesentlich mehr, als ich bisher in Rechnung stellen konnte. Ich hielt es für gewagt, meinem Geldgeber meine Überlegungen mitzuteilen und ihn dazu zu bewegen, den Auftrag auszuweiten. Blieb mir nur, mich auf Hesses Spiel einzulassen, wenn ich die unbekannte Kuh melken wollte. Aber wenn ich eines im jahrelangen Überlebenskampf eines Schnüfflers gelernt hatte, war es, Herr des Geschehens zu bleiben und nicht die Spielregeln eines Dritten zu akzeptieren. Auch wenn es mich noch so reizte, diese tausend Ocken wurden mir zum falschen Zeitpunkt angeboten. Im *Schweicher Hof* konnte ich meinen Aufenthalt nicht weiter verlängern. Ein untrügliches Zeichen, nach Berlin zurückzukehren. Ich entschied mich für einen Schlussstrich, für Berlin und Nathalie. Bevor ich meine sieben Sachen packte, rief ich Staudt junior an.

»Hesse. Aha! Herrmann-Josef Hesse. Interessant«, sagte er, nachdem ich ihm die erbetene Auskunft gegeben hatte.

»Ja, genau. Mehr kann ich Ihnen nicht sagen. Ich könnte eventuell noch eine Weile hier bleiben und den Burschen observieren, in der Hoffnung, dass er sich mit seinem Auftraggeber trifft. Aber das müssen Sie entscheiden.«

»Hm, nein … nein, lassen Sie mal, Herr Dennings. Ich denke, das reicht fürs Erste. Unsere Wege trennen sich jetzt besser. Sie schicken mir Ihre Rechnung? Gerne per Mail, dann haben Sie das Geld schneller.«

Ich lag richtig. Er hatte seine Info und nicht das geringste Bedürfnis, meine Dienste weiter in Anspruch zu nehmen. Jedes Wort spiegelte seine Überheblichkeit wider. Wie er mir unterschwellig zu verstehen gab, dass ich auf sein Honorar angewiesen war und meine Recherchen nicht den von ihm gewünschten Erfolg erbracht hatten, kratzte an meinem Selbstbewusstsein. Per Mail. Und ob. Inklusive aller Spesen, von meinen Restaurantbesuchen bis zum Schäferstündchen im *Scheherazade*. Sonja. Sollte ich mich von ihr verabschieden? Ein abwegiger, abstruser Gedanke. Genauso wenig verabschiedete man sich von Taxifahrern, Zimmermädchen, Versicherungsvertretern. Eine bezahlte Dienstleistung. Nicht mehr und nicht weniger. Das Haus in Wasserbillig? Womöglich eine Schnapsidee, die mit Abstand überdacht werden musste. Nein, es war an der Zeit, die Zelte abzubrechen, der Mosel Adieu zu sagen. Tschö, Trier. Tach, Berlin, Metropole der Unzulänglichkeiten, der Widersprüche, der Schrippen, der Soljanka, des Großflughafens, der Kieze und Schrebergärten und der von Zottelbärten gescholtenen Schwaben des Prenzlauer Bergs.

Aber vorher stand noch etwas anderes auf der Agenda.

Meine Reisetasche war gepackt, die Hotelrechnung bezahlt, der Wagen getankt. Ramstein. Hesses Vorschlag kam mir in den Sinn. Ein kleiner Ausflug nach Ramstein, hatte er gesagt. Wie viel Zeit war seitdem vergangen? Eine Stunde? Neunzig Minuten? Wahrscheinlich immer noch zeitig genug, den Umweg in die Pfalz zu nehmen. Was sollte Staudt dort treiben? Treiben. Nein, da lag Bitburg näher. Es musste ein Geschäftstermin sein, und ich erinnerte mich an den Zeitungsartikel über den geplanten Bau des Militärkrankenhauses. Ich rief bei *OmniFen* an.

Meine Vermutung wurde von Staudts Sekretärin bestätigt: »Das tut mir sehr leid, Herr Müller. Herr Staudt hat einen wichtigen Termin in Ramstein. Er wird erst am späten Abend wieder in Trier sein.«

»So was Dummes«, antwortete ich, »ich brauche dringend sein Angebot für ein größeres Bauvorhaben. Ich denke, das wird ihn auch ärgern, wenn ihm diese Möglichkeit durch die Lappen geht. Na ja.« Ich legte eine kurze Pause ein und fuhr fort. »Obwohl, ich muss ohnehin in die Pfalz. Ich könnte einen kurzen Zwischenstopp in Ramstein einlegen. Wo, sagten Sie, sei sein Termin?«

»Eine genaue Adresse habe ich nicht, Herr Müller, aber es ist ein riesiges Baufeld, auf dem das KMCMC entsteht.«

»Helfen Sie mir auf die Sprünge. Diese Abkürzung sagt mir überhaupt nichts.«

»Das *Kaiserslautern Military Community Medical Center*.«

* * *

Eine sonore, Hochdeutsch sprechende Stimme, versehen mit einem Vokabular, das sich vom üblichen Jargon der Straße abhebt, weckt Vertrauen. Staudts Sekretärin hatte während unseres Telefonats, in dem ich mich als irgendein Geschäfts-Müller ausgegeben hatte, nicht einmal an der Wahrhaftigkeit des Gesprächsinhalts gezweifelt. Ich hatte zwar keine konkrete Adresse, doch vermutete ich, dass der Komplex, auf dem das Militärkrankenhaus entstehen sollte, nicht übersehen werden konnte. *Dennings on the road again.*

Allmählich gewöhnte ich mich an längere Autofahrten ohne Stau, anders als in Berlin, wo mich ein Zehntel der Strecke, die ich nun zurücklegen musste, genauso viel Zeit kostete wie die hundert Kilometer nach Ramstein. Der größte Teil der Strecke bestand aus Autobahn, und sie war erfreulich leer, die Landschaft angenehm, sattes Grün auf Wiesen und in den Wäldern des Hunsrück. Nach vierzig Minuten verließ ich die Autobahn Richtung Ramstein-Miesenbach. Es überraschte mich nicht, zunehmend US-amerikanische Automarken zu sehen, Pick-ups und breite Ami-Schlitten, deren Spritverbrauch dem Halter die Tränen in die Augen trieben. Das gesamte Gebiet zwischen der Gemeinde und der A 6 bis Kaiserslautern war geprägt vom Stützpunkt der amerikanischen Streitkräfte. Nicht umsonst trug Kaiserslautern den unromantischen Zweitnamen »K-Town«.

Im Ort fragte ich einen Passanten nach dem neuen Militärkrankenhaus. Ich könne das Baugebiet kaum verfehlen, meinte er stoisch. Einfach ortsausgangs über die Kindsbacher Straße Richtung Flugplatz fahren. Aber das sei Sperrgebiet und viel zu sehen gebe es ohnehin noch nicht.

Ich fuhr trotzdem weiter. Bis ich auf einen Bauzaun stieß, oben Stacheldraht, dahinter grimmige GIs mit MP im Anschlag. In einem Jeep saßen weitere schwer bewaffnete Soldaten.

Ich hielt an, stieg aus und winkte den Jungs freundlich zu. »*Sorry, lost my way!*«, rief ich ihnen freundlich zu und erkundigte mich nach einem Restaurant in der Umgebung. Sie zeigten in die Richtung, aus der ich gekommen war. Ich fasste an meine Stirn, um ihnen zu zeigen, was für ein Depp ich sei, stieg in meinen Wagen, wendete und trat den Rückzug an. Auf dem ersten Parkplatz im Ortseingang machte ich es mir gemütlich, hörte Musik und qualmte. Warten. Wenn Staudt eine Begehung im Baugebiet hatte, würde er wieder hier vorbeikommen müssen.

Ich lag richtig. Mehrere Fahrzeuge, darunter zwei mit Trierer Kennzeichen und eines mit der Werbeaufschrift *OmniFen* passierten den Parkplatz nach einer halben Stunde. Ich startete und folgte ihnen. Wie gut, dass ich Appetit hatte. Sie steuerten ein Thai-Restaurant in der Ortsmitte an. Insgesamt acht Männer betraten gemeinsam das Lokal, einer in amerikanischer Uniform, die anderen wie Staudt geschäftsmäßig gekleidet, Anzug und Krawatte. Eindeutig ein Geschäftsessen der langweiligen Art, dem ich beiwohnen musste, und das mir kaum Zeit ließ, meine Zitronengrassuppe und das feurige *Red Curry Delight* mit Hähnchenfleisch zu genießen. Wein wurde am Nachbartisch nicht kredenzt, ich spülte regelmäßig mit einem dunkelroten Merlot nach. Man schloss sich dem im Dienst lustfeindlichen amerikanischen Offizier an und trank Wasser. Wie Anzüge Menschen veränderten! Es dauerte eine Weile, bis ich außer Staudt einen weiteren Herrn wiedererkannte. Sein Kumpan, der mit ihm das *Scheherazade* besucht hatte. Man hatte also noch mehr Gemeinsamkeiten! Nicht einmal eine Stunde dauerte das Essen. Man erhob sich und verabschiedete sich höflich voneinander. Staudt bedeutete mit einer abwehrenden Geste, dass seine Partner ihre Geldbörsen stecken lassen sollten und er die Rechnung übernehme. Bald war er allein, gönnte sich ein Glas Weißwein und kontrollierte die Rechnung. Spesen. Für ihn Routine.

Ich wischte mir den Mund ab und ging mit meinem Roten an Staudts Tisch. »Herr Staudt?«

»Ja?« Er schaute überrascht hoch. »Kennen wir uns?«

»Nein, noch nicht«, antwortete ich überhöflich. »Entschuldigen Sie, wenn ich so unvermittelt an Sie herantrete. Mein Name ist Müller. Ich wollte Sie eigentlich in Trier aufsuchen und habe dann erfahren, dass Sie hier in Ramstein geschäftlich zu tun haben.«

Staudt wirkte nervös. »Ja, und?«

Ich beugte mich nach vorne und senkte die Stimme. »Sehen Sie mir nach, wenn meine Ausführungen etwas kryptisch wirken, aber die Sache ist mir etwas unangenehm. Heikel. Ich bin verantwortlich für ein größeres Bauprojekt einer Gemeinde in Brandenburg. Wir haben bei den Ausschreibungen etwas geschludert. Die Kosten explodieren, der Finanzierungsplan lässt sich nicht halten. Tja, Sie kennen doch bestimmt die öffentliche Hand. Ich brauche neue Angebote für Teilabschnitte des Projekts.«

Staudt biss an. Er trank einen Schluck Wein. Seine Körperspannung ließ nach. »Hm, verstehe. Und nach Möglichkeit günstiger, oder?«

»Ich bin etwas verlegen, Herr Staudt. Deswegen auch diese atypische Kontaktaufnahme. Sie ist, wie sagt man so schön, offiziöser Natur. Also, was ich brauche, wäre ein ordentliches Angebot für die Glasfassade eines Verwaltungsgebäudes.«

»Das ist doch nicht verwerflich, Herr Müller.«

»Das nicht. Aber vielleicht das Datum des Angebots, wenn Sie verstehen, was ich meine.«

Staudt wirkte interessiert, hielt sich aber zurück. »Herr Müller, das klingt durchaus interessant. Ich bin Geschäftsmann und will gerne helfen, wenn beide Seiten einen Nutzen aus dem Geschäft ziehen. Ich kann nichts zusagen. Ihr Anlie-

69

gen will ich aber gerne prüfen. Hier, meine Karte. Senden Sie mir eine Nachricht mit allen Details, die für eine Angebotsabgabe vonnöten sind. Ich werde mir das anschauen.«

Als Zeichen meiner Erleichterung atmete ich tief durch und steckte die Visitenkarte in mein Jackett. »Das muss vertraulich bleiben, Herr Staudt.«

»Selbstverständlich. Ich bin ein Ehrenmann. Herr Müller, darf ich Ihre Rechnung übernehmen?«

»Sie dürfen.«

Im Anfüttern war Staudt ein Profi. Im beiderseitigen Händewaschen offenkundig auch. Mir wurde immer klarer, dass Hesse aus dieser Erkenntnis Profit schlagen wollte. *Not my cup of tea.* Zumindest noch nicht. Ich verabschiedete mich. Berlin wartete.

6. Kapitel

Vier Tage waren vergangen.
Während meiner Abwesenheit waren einige Aufträge und Anfragen eingegangen, die Nathalie gewissenhaft notiert und auf meinem Schreibtisch deponiert hatte. Wenngleich sie sich mir gegenüber immer noch etwas unterkühlt verhielt, ging sie mir zumindest nicht mehr aus dem Weg und zeigte das Interesse, das ich seit einigen Wochen vermisst hatte. Ob die unliebsame Erfahrung mit Staudt ihren Wandel hervorgerufen hatte, konnte ich nur mutmaßen. Weder Jeff noch ich wussten, was sich in seiner Wohnung tatsächlich zugetragen hatte, aber es musste sie bitter enttäuscht haben. Ansprechen konnte ich sie darauf natürlich nicht. Sie hätte mir den Kopf abgerissen, stante pede gekündigt, hätte sie erfahren, dass ich Jeff beauftragt hatte, sie zu beschatten.

»Würden Sie einen Ortswechsel mitmachen, Nathalie?«

Sie schaute mich mit ihren großen Augen an.

»Wie meinen Sie das? Wollen Sie weg von Berlin?«

»Hm ... manchmal schon.«

»Und wohin? Ich dachte immer, Sie können ohne Großstadt nicht leben. Hamburg, München, Frankfurt?«

»Wasserbillig«, antwortete ich knapp.

Sie lachte.

»Wie? Wasser was?«

»Billig. Wasserbillig, ein kleiner Grenzort an der Mosel. Etwas über zweitausend Einwohner, sehr idyllisch gelegen, und wahrscheinlich der beste Ort, jede Ölkrise zu überstehen. Tankstellen in Hülle und Fülle. Nein, im Ernst, Nathalie, ich habe da ein kleines, altes Häuschen entdeckt, das zum Verkauf steht. Spottbillig. Man müsste ein bisschen renovieren, klar, aber im Prinzip sofort beziehbar. Die Detektei könnte man problemlos im Erdgeschoss einrichten. Die Grenzlage ist optimal. Ein Katzensprung nach Trier, Luxemburg, Metz. Selbst Brüssel und Paris. Ich weiß nicht so recht, wie ich es sagen soll. Berlin ist irgendwie ausgelutscht, bringt mir nichts Neues mehr.«

Nathalie stand auf und ging ans Fenster. Sie schwieg.

»Das ist nur eine Idee. Ich bin mir selbst noch nicht schlüssig.«

Sie drehte sich um. Auf einmal wirkte sie traurig.

»Was ist los?«, fragte ich.

»Ich muss an Katharina denken«, antwortete sie leise.

»An Katharina?«, fragte ich verwundert. »Ich verstehe nicht.«

»Das glaube ich.« Sie ging zum Kleiderständer, nahm ihre Jacke und Handtasche. »Ich muss zur Bank.«

»Hey, warten Sie, warum Katharina?«

»Sie spielen mit den Gefühlen anderer ohne Rücksicht auf Verluste. Sie haben sie sitzen lassen, weil Sie nicht nach Hamburg und mit ihr zusammenleben wollten.«

»Moment, Nathalie, ich habe sie nicht sitzen lassen, sondern ...«

»Das kommt aufs Gleiche raus. Sie haben es provoziert. Und jetzt? Auf einmal möchte der Herr doch ein neues Leben beginnen, ausgerechnet auf dem Land. Und ich soll mit. Was stellen Sie sich eigentlich vor?«

Ohne eine Antwort abzuwarten, verließ sie das Büro im Stechschritt. Hier lag also der Hase im Pfeffer! Keine Stutenbissigkeit, sondern weibliche Solidarität. Hatten die beiden miteinander gesprochen, sich gegenseitig ihr Leid geklagt? Katharina. Mein letzter ungelenker Versuch, eine Beziehung einzugehen, wenn man unter Beziehung ein mehr oder weniger regelmäßiges Treffen und ein paar Tage Liebe, Hingabe, schöne Stunden im Restaurant verstehen konnte. Weibsbilder! Ich ging an meinen Schreibtisch und suchte Zerstreuung bei der Arbeit.

Vor mir ein paar Fotos, die ich am Vortag geschossen hatte. Sie zeigten mein Zielobjekt, Jens Hartmann, ein kräftiger, hochgewachsener Maurer auf einer kleinen Baustelle, beim Speis anrühren, Schleppen von Steinen, Mauern und Verputzen. Nichts Ehrenrühriges an sich für einen Maurer, wenn es nicht auf der Baustelle eines Privatmanns gewesen wäre, der ihn schwarz beschäftigte und er selbst nicht krankgeschrieben seinem eigentlichen Arbeitgeber fehlte. Dieser hatte seinen Beschäftigten seit Längerem in Verdacht und mich beauftragt, ihn zu überführen. Ich suchte nach der Nummer von Dombrowski, meinem Auftraggeber und war schon im Begriff, Vollzug zu melden, bevor ich mich eines anderen besann und den Hörer wieder auflegte. Klar, ich wurde fürs Denunzieren bezahlt und konnte trotzdem gut schlafen, doch irgendetwas wie ein soziales Gewissen beschlich mich. Einen Tag wollte ich Hartmann noch geben, sein Umfeld kennenlernen, Familienstand, Verhältnisse. Umstände, die ihn zumindest in meinen Augen exkulpierten.

Ich griff nach einer CD von Buffalo Springfield. *Bluebird* vertrieb die dunklen Wolken, die sich in meinem Kopf breitgemacht hatten. Zum Sonnenschein fehlte mir nur noch ein guter Cognac. Er befand sich im Aktenschrank, neben der Stange Zigaretten. Ich goss großzügig ein, nahm einen kräftigen Schluck, zündete eine Zigarette an und legte die Füße auf den Tisch. Zur Bank. Bitteschön. Nathalie konnte sich Zeit lassen.

Das Telefon klingelte. 0651 lautete die Vorwahl auf dem Display. Wer in Trier hatte das Bedürfnis, mich zu sprechen?

»Dennings? Ah … du bist also in Berlin!«

Die Fistelstimme klang nervöser als bei unseren ersten Zusammentreffen.

»Hesse! Nanu? Sehnsucht gehabt? Sicher bin ich in Berlin. Wo sonst?«

»Seit wann? Häh?«

Irgendetwas beunruhigte ihn, und da er sich an mich wandte, musste es mit Staudt zusammenhängen.

»Soll das ein Verhör sein?«

»Vielleicht. Komm, sag schon, wo warst du vorgestern?«

»In Berlin. Brauche ich ein Alibi, Hesse? Oder brauchst du eins?«

Hesse atmete hastig, aufgeregt.

»Gut, gut. Okay, Dennings, ich glaube dir. Jetzt wird abgesahnt … hihihi … Solche Idioten.«

Ich wurde neugierig. »Absahnen? Hört sich ja prächtig an, Glückwunsch. Von welchen Idioten sprichst du?«

»Ha! Nee, du, so nicht! Ich habe dir ein Angebot gemacht. Du wolltest ja nicht.«

»Gilt es noch?«, fragte ich.

Hesse überlegte. Konnte er mit der Info über meinen Auftraggeber noch etwas anfangen?

»Hm … gut. Ja, gilt noch. Aber du musst es dir abholen. Morgen. Siebzehn Uhr in meiner Wohnung. Du weißt doch bestimmt, wo ich wohne, so ein Schlaumeier wie du! Also, morgen um fünf. Bis dann, Dennings.«

Das Ganze gefiel mir nicht. Absahnen. Darunter verstand ich Erpressung. Hesse schien etwas zu wissen oder entdeckt zu haben, was er in bare Münze umwandeln konnte. Entweder war er gewiefter, als man ihm zutrauen konnte, oder er begab sich in ein Feuer, dessen Flammen ihn leicht verschlucken konnten. Staudt fühlte ich mich nicht mehr verpflichtet. Mein Angebot, für ihn weiter zu recherchieren, hatte er non-

74

chalant ausgeschlagen. Die Karten wurden neu gemischt, im gleichen Spiel, doch mit veränderten Rollen der Protagonisten. Sein Name für tausend Euro. Ein nettes Geschäft.

Nathalie kehrte kurz nach Mittag ins Büro zurück. Wie verwandelt kam sie lächelnd in mein Zimmer, in der Hand eine Einkaufstasche, die sie auf meinem Schreibtisch ablud. Als hätte sie meinen Hunger erahnt, brachte sie vom Imbiss zwei Nudelgerichte mit.

»Bitte sehr! Nudeln Chop Suey mit Hähnchen und ordentlich Soja-Sauce. So, und hier«, sie kramte in der Tasche und zauberte einen Côtes du Rhône hervor, »der Rote. Sie haben doch einen Korkenzieher?«

Und ob ich den hatte. Nathalie setzte sich auf den Besucherstuhl vor meinem Schreibtisch, entfernte die Alufolie von den Plastikschalen, schlug die Beine übereinander und begann zu essen.

»*Bon appétit*«, sagte ich, reichte ihr ein Glas Rotwein und prostete ihr zu. »Hm, prima.«

Wir widmeten uns den Nudeln und schwiegen eine Weile. Als der erste Hunger gestillt war, wischte Nathalie ihren Mund an der Papierserviette ab und betrachtete zufrieden, wie ich meine Portion verschlang.

»Tut mir leid, Chef, wegen eben.«

Ich schüttelte den Kopf. »Nein, nein, ist schon in Ordnung.«

»Ich habe mich mit Michael Staudt getroffen, als Sie an der Mosel waren.«

»Ach ja?«

»Ja. Aber es war nichts.«

»Sie sind mir keine Rechenschaft schuldig, Nathalie.«

»Ich weiß. Darum geht es auch nicht. Mein Gefühlsleben spielt einfach Achterbahn.«

Ich legte meine Gabel zur Seite und griff nach meinen Zigaretten.

»Ihr Männer könnt das ja ohne Liebe«, fuhr sie fort. »Wir Frauen überlegen uns das sehr genau, bevor wir uns hingeben. Katharina ist ein warnendes Beispiel. Ich kenne Sie zu gut, um an eine gemeinsame berufliche Zukunft in einem kleinen Ort bei Trier zu denken. Sie haben Katharina wahrscheinlich sogar geliebt. Aber dass Sie nichts unternommen haben, eine Lösung für Sie beide zu finden, hat mich irritiert.«

Ihre Erklärungen berührten mich. Unsicher wie ein Pennäler in der achten Klasse hielt ich mein Glas Wein in der Hand und fand keine Worte. Ihr wohlwollendes, süßes Lächeln verunsicherte mich noch mehr.

»Sie sind ein großes Kind, Chef, das nicht erwachsen werden will. Sie brauchen ganz viele Spielzeuge und besonders viel Aufmerksamkeit. Und haben Sie erst das Wunschspielzeug bekommen, wird Ihnen langweilig und Sie suchen wieder nach dem nächsten.«

»Ein interessantes Psychogramm, das Sie da von mir zeichnen.«

»Vielleicht«, Nathalie stand auf und räumte die Schalen ab. »Mir ist das erst richtig klar geworden, nachdem ich festgestellt habe, wie sehr Katharina Sie geliebt hat.«

»Ihr habt euch über mich unterhalten?«, fragte ich verdattert.

»Nein, nicht wirklich. Vor einigen Wochen hatte sie angerufen. Sie wollte sich einfach nur nach Ihnen erkundigen, wissen, ob alles in Ordnung ist. Ich sollte Ihnen nicht einmal sagen, dass sie sich gemeldet hat.«

Bevor Nathalie die Zwischentür zu ihrem Büro schloss, drehte sie sich noch einmal um: »Sie wissen wahrscheinlich nicht einmal, dass sie ein Kind bekommen hat.«

Darauf einen Dujardin. Ich versuchte mich zu erinnern. Wann hatte ich das letzte Mal mit Katharina geschlafen? Es war in Hamburg, dessen war ich mir sicher. War seitdem schon wieder ein Jahr vergangen? Schon damals hatte ich die Vorahnung, dass sie Nägel mit Köpfen machen und eine Familie mit mir gründen wollte, trotz meines Alters und trotz meines Jobs. Natürlich bedauerte ich ihre Entscheidung, mich zu verlassen, verstand sie aber und wünschte ihr von ganzem Herzen einen treu sorgenden Ehemann und den idealen Vater für ihre Kinder. Geblieben war eine wunderschöne Erinnerung an eine feurige Romanze, ohne Bitterkeit und Gewissensbisse. Und nun? Eine völlig neue Situation, sollte sich Nathalies unausgesprochener Verdacht auf meine Vaterschaft bewahrheiten. Hin- und hergerissen wog ich die mir zur Verfügung stehenden Optionen ab. Mit Katharina in Kontakt treten, Verantwortung übernehmen für ein Kind, das auch mein Blut in sich trug? Oder Ruhe bewahren? Schließlich kannte ich Katharina gut genug, um zu wissen, dass sie mich niemals an die Kandare nehmen würde, sei es in Form einer Vaterschaftsklage oder in Form von Unterhaltsforderungen. Ablenkung. Hartmann, mein Maurer. Sollte ich ihn verpfeifen oder zu einer zweiten Chance verhelfen und Lieber Gott spielen?

Nathalie saß an ihrem Computer und schrieb Rechnungen.

»Ich muss los. Vielen Dank noch mal … für eben. Tun Sie mir bitte einen Gefallen und suchen mir ein anständiges, preiswertes Hotel in Trier für drei Nächte. Ich fahre morgen früh.«

Sie guckte verdutzt. »Schon wieder? Wollen Sie das Haus tatsächlich kaufen?«

»Nein. Beziehungsweise vielleicht. Ich habe Ihnen doch von diesem komischen Kauz erzählt. Hesse. Er hat heute angerufen und klang ziemlich aufgekratzt. Ich treffe ihn morgen.«

»Wegen Staudt?«

»Vielleicht.«

* * *

Ein kleines, unscheinbares, graues Reihenhäuschen in Rudow, direkt an der Hauptverkehrsstraße, mit einem Vorgarten, der den Namen eigentlich nicht verdiente. Eine schmale Rasenfläche, auf der zwei Mülltonnen und ein Kinderfahrrad standen, nicht ungepflegt, aber lieblos. Für das eigene Heim verwendete Hartmann offenbar weniger Energie als für die Häuser seiner Kunden. Ich klingelte an der Tür. Ein kleines Mädchen öffnete sie einen Spalt, gesichert durch eine Kette.

»Mama, hier ist ein Mann«, rief sie.

»Du sollst doch nicht jedem aufmachen, Laura! Wie oft soll ich dir das denn noch sagen!«

Durch den Türspalt konnte ich die sichtlich genervte Mutter erkennen. Sie zog Laura beiseite, ohne mich eines Blickes zu würdigen, stieß ein müdes »Wir kaufen nichts« aus und haute mir die Tür vor der Nase zu. Ich klingelte erneut. Keine Antwort. Und wieder. Dann öffnete sich das Küchenfenster.

»Hören Sie, ich bin beschäftigt. Bitte verlassen Sie jetzt unser Grundstück.«

»Guten Tag. Frau Hartmann? Könnte ich Ihren Mann sprechen?«

»Nein. Der ist nicht da.«

»Tatsächlich? Ist er beim Arzt?«

»Wie … wie kommen Sie darauf?«, fragte sie verunsichert.

»Er ist doch krank, oder? Da geht man schon mal zum Arzt.« Ich zündete eine Zigarette an und wartete auf eine Reaktion.

»Ähm … ja … Er ist krank. Was geht Sie das an?«

»Ich bin Vertrauensarzt bei der Kassenärztlichen Vereinigung. Die Ausfallzeiten Ihres Mannes sind besorgniserregend. Wir wollen helfen. Vielleicht wäre eine Rehabilitationsmaßnahme angezeigt.«

»Eine was?«

»Eine Kur, Frau Hartmann. Für Ihren Mann, zur Wiederherstellung oder Verbesserung der Arbeitsfähigkeit.«

»Moment, bitte«, antwortete sie leise und schloss das Fenster.

Ein rauchender Vertrauensarzt! Bravo, Dennings, etwas Glaubwürdigeres hatte ich mir selten einfallen lassen. Ich nahm einen weiteren Zug und schnippte die Kippe in den Rinnstein. Ein paar Minuten vergingen, bis sich die Haustür wieder öffnete. Frisch geduscht, mit zersausten nassen Haaren, in Jogginghose und Unterhemd bat mich Jens Hartmann ins Haus.

»Sie sind Vertrauensarzt?«, fragte er. »Möchten Sie einen Kaffee?«

»Nein, danke. Sie sehen gut aus, Herr Hartmann. Ihnen geht es wieder besser?«

Laura, das kleine Mädchen, stürmte ins Wohnzimmer.

»Papa, Papa, musst du heute noch mal weg? Ich will gerne Barbie mit dir spielen!«

»Laura, geh bitte zu Mama … Wir spielen gleich, wenn der Doktor weg ist.«

»Bist du krank, Papa?«, sorgte sich die Kleine.

»Nein, nein … doch … ein bisschen.« Hartmann lief rot an. Er musterte mich von oben bis unten. Dann ließ er sich in den Sessel fallen. »Sie sind kein Arzt, stimmt's? Mist. Sie sind vom Ordnungsamt und kümmern sich um Schwarzarbeit, oder?«

79

»Fast richtig«, antwortete ich. »Ich bin Privatdetektiv. Ihr Arbeitgeber hat mich beauftragt.«

»Mist, so ein Mist.« Er schüttelte verzweifelt den Kopf. »Jetzt bin ich dran, oder? Mann, ich schufte mich fast zu Tode, manchmal sechzig bis siebzig Stunden die Woche. Was soll ich denn machen, wenn ich ausgenommen werde wie eine Weihnachtsgans? Ich muss immer noch meiner Ex zahlen, obwohl die längst einen Neuen hat. Nach der Düsseldorfer Tabelle bleibt mir so gut wie nichts. Wenn ich nichts nebenbei verdiene, kann ich vielleicht noch ins Märkische Viertel ziehen. Und meine kleine Laura? Was ist das für ein Umfeld?« Er rieb sich das Gesicht mit beiden Händen und faltete sie wie zum Gebet vor seinem Mund.

»Malen Sie nicht gleich den Teufel an die Wand. Noch hat Ihr Chef nur einen Verdacht, der nicht unbedingt bestätigt werden muss. Jedenfalls nicht von mir.«

Hartmann riss ungläubig die Augen auf.

»Wie meinen Sie das?«

»Ich werde bestätigen, dass Sie das Haus allenfalls für den Arztbesuch verlassen haben.«

»Warum? … Was wollen Sie dafür?«

Ich ging zur Tür.

»Ich komme auf Sie zu, wenn ich mal einen guten Maurer brauche. Und ansonsten empfehle ich Ihnen, ab sofort etwas cleverer zu sein. Und spielen Sie mit Ihrer Kleinen.«

Mit gemischten Gefühlen stieg ich in meinen Wagen. Weder eiferte ich Mutter Theresa nach, noch verfiel ich der Sozialromantik, und doch führte ich mich wie eine männliche Justitia auf. Es mussten die braunen Kulleraugen der kleinen Laura gewesen sein, die mich bewogen hatten, den kleinen Schwarzarbeiter vor arbeitsrechtlichen Konsequenzen zu bewahren. Wäre es nur irgendein großspuriger

Schmarotzer mit flottem BMW und blondierter Mieze gewesen, ich hätte ihn gerne ans Messer geliefert. Genügend Rechtfertigungsgründe fand ich für beide Optionen. Auf der einen Seite die Solidargemeinschaft, der Milliarden durch Schwarzarbeit entzogen wurden, auf der anderen ganze Berufsstände, deren Einkommen den Bedarf kaum deckten, Konzerne, die ihren männlichen Mitarbeitern Lustreisen nach Osteuropa und Brasilien schenkten, eine Politikergeneration, die von der Hochschule ohne Umwege in die bezahlte Politik schlitterte. Eine Gesellschaft der Individualität ohne Gemeinsinn. Und ich mittendrin, mit meiner Vorstellung von Gerechtigkeit, die ich nach Gutdünken und Bezahlung vollzog.

Dennings, Mann! Für Allgemeinplätze wirst du nicht bezahlt.

Ich brauchte etwas Aufmunterndes, kramte im Handschuhfach und griff nach den Red Hot Chili Peppers. *Get on Top*, der dumpfe Bass von Flea, die heulende Gitarre von Frusciante, der Trommelwirbel von Chad Smith und der unverwechselbare Gesang von Anthony Kiedis vertrieben jeglichen Anflug von Sentimentalität.

7. Kapitel

Nathalie hatte wie immer zuverlässig und ganz in meinem Sinn gehandelt. Das Hotel, das sie für mich gebucht hatte, lag zentral, Ecke Südallee und Saarstraße, die Innenstadt Triers fußläufig in wenigen Minuten erreichbar. Hesses Adresse hatte sie im Handumdrehen gegoogelt. Wie gut, dass Detekteien zwar im Verborgenen ermittelten, ihre Werbung dafür aber umso auffälliger war. *Sie glauben, Ihre Frau betrügt Sie? Detektei Hesse gibt Ihnen Gewissheit.* Es folgten Adresse und Telefonnummer. Ein Herzchen, das gehörnten Ehemännern jegliche Zuversicht in die Treue der geliebten Ehefrau schon im Keim erstickte. Hesse sollte seine Werbung überdenken. Ich war auf das Treffen gespannt.

Das Wiedersehen war ungewöhnlich. Seine Wohnung lag im zweiten Stock eines älteren Wohnhauses in der Liebfrauenstraße, nur wenige Schritte vom Dom entfernt, sehr zentral. Schräg gegenüber befand sich ein Spielwarenladen mit dem nostalgisch anmutenden Namen *Rappelkiste*, Inbegriff der anspruchsvolleren, kindgerechten und politisch korrekten Fernsehunterhaltung der Babyboomer-Generation. Pädagogisch wertvoll. Und stinklangweilig. Am Eingang neben den vier Klingeln prangte das obligatorische, frisch polierte Messingschild mit der Aufschrift *Detektei Hesse*, Telefonnummer und E-Mail-Adresse. Ich klingelte. Keine Reaktion. Zweimal. Dreimal. Nichts, Nada. Ob er das Läuten nicht hörte?

Ich versuchte es bei einem Nachbarn. »Entschuldigen Sie. Ich habe einen Termin bei Herrn Hesse. Seine Klingel scheint defekt zu sein. Könnten Sie vielleicht die Haustür öffnen?«

Ich vernahm ein unverständliches Brummen, kurz darauf das Summen der Türschließanlage. Vom Hausflur, der angenehm nach Bohnerwachs roch, gelangte man unmittelbar in das Wohnzimmer, das Hesse auch als Büro nutzte. Bemerkenswert, dass er die Tür zu seiner Wohnung nicht verschloss. Ein ohne tieferen Sinn zusammengewürfeltes Mobiliar, vor dem Fenster ein filigraner Mahagoni-Sekretär, den er geerbt haben musste, ein paar Billy-Regale, deren Bretter sich unter dem Gewicht von unzähligen Zeitschriften, Videokassetten und DVDs bogen, eine Art Küchentisch mit vier weißen Plastikstühlen und ein giftgrüner Fernsehsessel vor einem modernen Flachbildschirm. Beim Blick auf die Titel seiner Filmothek grauste mir davor, darauf Platz zu nehmen: *Die Kurtisane von der Schwanzburg*, *Ein Rohr für alle Fälle* oder *Die Strapse von San Francisco* waren noch die harmloseren Meisterwerke seiner ansehnlichen Pornosammlung. Mein Faible für die massive Bauweise alter Häuser fand ich aufs Neue bestätigt beim Betrachten des hässlichen Kronleuchters. Ein wuchtiger Lüster aus Bleikristall, der so gar nicht in diesen Raum passen wollte, hing an einem schwarzen Metallhaken, der sich in der Mitte eines kreisförmigen Stuck-Ornaments befand. Ein ordentliches Gewicht, das den Haken nicht beeindruckte. Und nicht das einzige Gewicht, das er tragen musste. Am gleichen Haken hing Hesse, ein Seil um den Hals. Sein Mund war geöffnet, die Zunge hing raus. Die starren Augen schienen aus den Augenhöhlen treten zu wollen. Das rechte Hosenbein war braun eingefärbt. Ich hielt ein Taschentuch vor den Mund. In der Wohnung stank es penetrant nach Exkrementen, Urin, Schweiß und verbrauchter Luft. Auf dem Küchentisch lag ein Blatt Papier, auf dem ein paar Zeilen des Abschieds gekritzelt waren: *Ich will nicht mehr. Alle, die mich mochten, bitte ich um Verzeihung. Keiner trägt Schuld für diesen letzten Schritt, den ich allein gewählt habe, um meinem Leben ein Ende zu setzen. Adieu.* Pathetisch. Kurz

und bündig und trotzdem mehr Pathos, als ich Hesse zuge-
traut hätte. Ich ging in den Nebenraum, sein Schlafzimmer,
öffnete das Fenster und nahm tief Luft. Auf dem Stuhl neben
dem Bett hing die Jacke, die er bei unserer letzten Begegnung
in Wasserbillig getragen hatte. Ich versuchte mein Glück. Ja,
der Umschlag mit den tausend Euro schlummerte noch in
der Innentasche. Ich steckte ihn in meine Jacke. Anschließend
kehrte ich in das Wohnzimmer zurück, durchsuchte seinen
Sekretär. Zwei Notizbücher weckten mein Interesse, eines
mit Namen, Adressen, Telefonnummern, ein weiteres mit
handschriftlichen Notizen. In einer Schublade bewahrte er
seine Kontoauszüge auf. Ich nahm alles an mich, in der Hoffnung, Hinweise zu seinen letzten, kryptischen Aussagen zu
finden. Die Polizei wollte ich nicht anrufen. Obwohl mir Roller nicht böse gesonnen war, hätte mir schon eine ordentliche, glaubwürdige Erklärung für meine Anwesenheit einfallen müssen. Dazu der handfeste Krach mit Hesse in der *Langen Theke*. Als guter Bulle hätte mich Roller zwangsläufig in
den Kreis der Verdächtigen aufgenommen. Und was mindestens genauso schwer wog und meinen Alleingang rechtfer-
tigte: der schnöde Mammon. Hier war noch was zu holen.
Und zwar nicht wenig!

Selbstmord. Warum? Noch am Vortag euphorisch in
Erwartung einer Stange Geld? Mein Blick fiel auf einen Sei-
denschal, der unter dem Küchentisch lag. Er musste vom
Stuhl gefallen sein. Nur die Enden waren glatt, ohne Falten.
Warum nur erinnerte ich mich auf einmal an das *Indische
Tuch* nach Edgar Wallace? Hesse war eindeutig nicht damit
erdrosselt worden, aber ich vermutete plötzlich eine andere,
ähnlich subtile Verwendung des Schals.

Hesses Kadaver war abstoßend, die Hose hing unter seinem adipösen, entblößten Bauch mit dem Riesenbauchnabel,

ein schwarzes, behaartes Loch, das Hemd an den beiden unteren Knöpfen geöffnet. Ich streifte die Hemdsärmel ein Stück nach oben, um seine Handgelenke zu sehen. Bingo. Leichte Druckspuren, kaum sichtbar. Hesse wurde mit dem Schal an den Gelenken geknebelt. Kein Seil, keine Handschellen, kein Klebeband. Letztere Utensilien hätten mehr Spuren hinterlassen. Mord. Eindeutig Mord. Ein kaltblütiger dazu. Sein Henker musste anwesend gewesen sein, als er zappelte, in die Hose schiss, wimmerte und heulte. Kein Zweifel, Hesse hatte zu hoch gepokert und verloren, das große Los vor Augen und ein jämmerliches, unwürdiges Ende. Wie hätte ich reagiert, wenn mich mein Peiniger genötigt hätte, meinen Abschiedsbrief zu verfassen. Ein letztes Aufbäumen vor einer vorgehaltenen Waffe, ein Versuch an Gegenwehr? Bestimmt. Kein Schutzengel am Firmament konnte das Unvermeidliche verhindern. Es gab einen Punkt, an dem jede Hoffnung obsolet und eine letzte Gegenwehr die einzige Lösung war. Mit wehenden Fahnen würdig in den Tod. Hesse hatte sich nicht gewehrt. Und gehofft. Worauf? Spätestens als er aufgefordert wurde, seinen Abschiedsbrief zu verfassen, hätte er aufbegehren und kämpfen müssen. Lieber eine Kugel in der Birne, ein Messer im Wams, als gedemütigt in vollem Bewusstsein der eigenen Hinrichtung beizuwohnen. So long, Schwanzgesicht. Du wirst mir nicht fehlen.

Ich achtete darauf nicht gesehen zu werden, als ich das Haus verließ. Mir war speiübel, und ich inhalierte die frische Herbstluft. Am Dom lehnte ich mich an den großen Hinkelstein vor dem Eingangsbereich und zündete eine Zigarette an. Hatte ihn Obelix versehentlich abgelegt, als ein Wildschwein seinen Weg kreuzte, oder war es tatsächlich der Leibhaftige, der das Kirchenhaus mit Granitstein beworfen und eines unerklärlichen Augenleidens wegen verfehlt hatte?

»Hey, du siehst nicht gut aus. Kater?«

Ich drehte mich um. Sonja, der rothaarige Engel aus dem *Scheherazade*, stand plötzlich neben mir, zwei Einkaufstüten in der Hand. In ihren Jeans und der modischen Lederjacke sah sie genauso hübsch aus wie in ihrer spärlichen Arbeitskleidung. Nein, besser noch, eine junge, aparte Frau, dezent geschminkt, frisch und unbekümmert.

»Hm ... ich ...«

»Ist es dir lieber, wenn ich dich nicht anspreche? Es ist dir unangenehm, oder?«

»Nein, nein, um Himmels willen.« Ich lächelte sie an. »Mir ist tatsächlich etwas komisch. Ich glaube, ich habe zu wenig gegessen und zu viel geraucht.«

»Du Armer«, sie strich mir über die Wange. »Du solltest mehr auf deine Gesundheit achten. Weißt du was? Ich habe auch Hunger, ich lade dich zum Essen ein!«

»Kommt nicht infrage!«

»Oh ...«

»Ich gehöre zur alten Schule. Ich lade ein! Was möchtest du essen?«

»Chinesisch. Ist das okay? Ich muss heute noch arbeiten, und Asiatisches liegt nicht so schwer im Magen.«

»Passt. Du kennst dich hier besser aus, Sonja. Du führst mich.«

Sie nahm meine Hand und strahlte. Wie ihre türkisfarbenen Augen. Wir liefen nur wenige Minuten bis zum Restaurant. Das *Mandarin* lag in der Palaststraße, strategisch günstig in der Fußgängerzone in unmittelbarer Nähe zu Geschäften und Kaufhäusern. Innen erwartete uns der übliche, wohldosierte Kitsch chinesischer Gaststätten. Ein goldener Buddha hier, ein silberner Glücksbär dort, ein Aquarium als Raumtrenner, chinesische Dekoration an den mitteleuropäischen

Geschmack angepasst. Das gedämpfte Licht war angenehm. Es schmeichelte der Haut. Sonja bestellte etwas Süß-Saures mit Shrimps, während ich meiner Vorliebe für Geflügel treu blieb. Ein einfaches Chicken Curry.

»Bist du noch länger hier?«, fragte sie.

»Vielleicht. Ich denke sogar darüber nach, mich hier niederzulassen. Ich habe ein nettes Häuschen in Wasserbillig ausfindig gemacht. Es muss noch ein bisschen dran gearbeitet werden. Aber ich denke, es ist ein Schnäppchen.«

Sie lachte. »In Wasserbillig? Im Ernst?«

»Klar. Warum nicht. Ich zeige es dir. Wenn du Lust hast, könnten wir es uns morgen zusammen anschauen. Deine Meinung würde mich interessieren.«

Mein Vorschlag überraschte sie. Sie schaute mich ernst an. »Wirklich?«

»Sicher. Wann passt es dir?«

Sie erklärte mir verlegen, dass sie morgens ausschlafe, wenn sie Nachtdienst habe. Zwei Uhr nachmittags wollte sie bei mir am Hotel sein. Langsam füllte sich das Lokal. Zwei junge Männer waren am Nebentisch platziert worden, und ich spürte, dass Sonja sich immer unwohler fühlte. Sie schaute kaum noch auf, kniff die Lippen zusammen und stocherte lustlos auf ihrem Teller herum. Ich drehte mich nach dem Nebentisch um. Trotz meiner Anwesenheit starrten die beiden Burschen unverhohlen auf meine Begleitung, mit einem Dauergrinsen im Gesicht.

»Du kennst die beiden?«, fragte ich sie.

Sie schüttelte den Kopf.

»Nicht wirklich«, antwortete sie leise.

Ich aß weiter. Auf einmal ließ Sonja ihre Gabel fallen. Wieder drehte ich mich um und sah, wie einer der beiden eine obszöne Handbewegung machte und gleichzeitig mit der Zunge seine Wange nach außen drückte. Ich stand auf, ging an seinen Tisch, packte ihn ohne Vorwarnung am Hinterkopf und stieß ihn mit Wucht auf die Tischplatte. Sein Kumpel riss entsetzt die Augen auf. Unschlüssig, ob er helfen sollte, erhob er sich langsam von seinem Stuhl. Zu langsam. Mit dem Fuß stieß ich den Stuhl beiseite und gab dem Kerl einen leichten Schubser. Er fiel rückwärts auf den Boden. Zwei Ober kamen angerannt, die anderen Gäste verfolgten ungläubig das Schauspiel. Die zwei Burschen verzichteten auf einen Gegenangriff. Ihr Mütchen war gekühlt. Der eine hielt sich die blutende Nase, während sein Kumpel ängstlich auf dem Boden verharrte.

»Alles in Ordnung«, sagte ich der Bedienung und hob beschwichtigend die Hände. »Die beiden Herren waren im Begriff zu zahlen, inklusive einer Lokalrunde. Stimmt's, Jungs?« Immer noch beeindruckt rappelten sich die beiden auf und zückten kommentarlos ihre Brieftaschen. Dann verließen sie das Restaurant.

»Danke. Du bist nicht gerade zimperlich«, sagte Sonja, als ich mich wieder an den Tisch setzte.

»Ich hasse schlechte Tischmanieren. Dessert?«

»Nein. Lass uns gehen. Es ist spät.«

* * *

Obwohl der Abend noch jung war, kehrte ich ins Hotel zurück. Halb neun. Wann sollte ihre Schicht beginnen? Neun? Oder zehn Uhr? Wahrscheinlich die beste Zeit, wenn angeheiterte Freier ihre Nachtruhe mit einem Schäferstündchen einläuteten. Kurz hatte ich den Impuls, ihr nachzufahren und sie die ganze Nacht zu mieten. Ein pubertärer Gedanke. Ein kostspieliger dazu. Mein ohnehin schon gebeuteltes Bankkonto wäre unter der Last meiner Gefühlswallungen endgültig zusammengebrochen. Stattdessen tröstete ich mich mit einer Flasche Rotwein, die ich beim Zimmerservice bestellt hatte, und blätterte in Hesses Adressheft und Notizbüchlein. Es war nicht anders zu erwarten gewesen. So ungeordnet sich seine Bleibe präsentiert hatte und so schlampig und schmierig er war, so gestalteten sich auch seine Aufzeichnungen. Unmengen Namen, Telefonnummern und Adressen ohne erkennbaren Zusammenhang. Ohne Daten. Waren es die Namen seiner Auftraggeber? Der Zielobjekte? Wohl beides. Vielleicht war Hesse cleverer, als ich gedacht hatte, weswegen seine Aufzeichnungen ganz bewusst dürftig ausfielen. *Treffen in Mehring – Scheherazade – Auto abholen – Ramstein – TV 8.10. - Schnüffler.* Kurze Notizen von der ersten bis zur letzten genutzten Seite. *Schnüffler* war die letzte Eintragung, und es schien mir klar, dass ich nur ich gemeint sein konnte.

Allmählich hatte der Sandmann ein Einsehen. Unterstützt vom schweren Traubensaft senkte er meine Lider auf Halbmast. Nach einer Katzenwäsche gönnte ich mir eine letzte Zigarette und legte mich ins Bett. Tausend Euro. Danke Hesse. Dafür finde ich deinen Mörder.

* * *

»Herr Dennings! Jetzt bin ich aber wirklich überrascht. Was verschafft mir die Ehre?«

Immer wieder seltsam, welche Reaktionen meine Anrufe auslösten. Auch wenn er sich alle Mühe gab, klang Staudt junior nicht besonders glücklich, meine Stimme am anderen Ende der Leitung zu hören.

»Ganz banal, Herr Staudt, und es ist mir auch irgendwie unangenehm. Normalerweise behellige ich meine früheren

Kunden nicht, sobald das Geschäftsverhältnis beendet ist, aber in diesem speziellen Fall dachte ich mir, ich könnte vielleicht doch auf Sie zurückgreifen. In einer rein privaten, persönlichen Angelegenheit.«

»Aha? Und das wäre?«

»Ich brauche einen Gutachter. Jemand, der mich beim Erwerb einer Immobilie berät, und da dachte ich mir, dass *OmniFen* doch jede Menge zuverlässige Ingenieure und Architekten kennt.«

»Na sicher. Aber im Branchenbuch von Berlin finden Sie die auch, Herr Dennings. Schon einmal daran gedacht?«

»Ein guter Tipp, Herr Staudt, besten Dank. Aber ich brauche einen hier, nicht in Berlin.«

»Hier?«

»Oh ja. Die Mosel hat es mir angetan. Die Menschen, die Landschaft, die Ruhe. Man wird älter. Branchenbuch hin oder her, die Empfehlung eines Profis wiegt ungleich schwerer.«

Staudt schwieg einen Augenblick. Dann atmete er tief aus, hörbar genervt.

»Hm, verstehe. Sie haben mir geholfen, jedenfalls im Rahmen Ihrer Möglichkeiten, da kann ich Ihnen ja gerne einen Gefallen tun. Wenden Sie sich an das Ingenieurbüro Vierkorn in Sirzenich. Wir arbeiten sehr oft mit ihm. Und noch ein Ratschlag: Sparen Sie nicht an der falschen Stelle. Versteckte Mängel können Sie ruinieren. Lassen Sie auch ein paar Wärmeaufnahmen mit Spezialkamera machen. Kostet ein paar Hundert, aber lohnt sich.«

»Herr Staudt, Sie sind ein As. Vierkorn. Ist notiert. Ich werde ihn von Ihnen grüßen. Machen Sie es gut.«

Es nieselte draußen. Ich beschloss, auf meinem Zimmer zu bleiben, bis Sonja kam. Ich zappte mich uninspiriert durch die Fernsehkanäle. Auf irgendeinem Sender lief *Big Valley*. Himmel, wie lang war das her? Mindestens vierzig Jahre, und trotzdem war die Titelmelodie vertraut. Die Qualität der Aufnahmen überraschte mich. Gestochen scharfe Bilder, und eine gestochen scharfe Linda Evans. Etwas naiv im Vergleich zu ihren drei Brüdern Jarrod, Nick und Heath, einfach nur schöne Staffage in einer Welt von trinkfesten Haudegen, heutzutage bestimmt ein rotes Tuch für Feministinnen, die trottelige Politiker für dämliche Zoten am liebsten ihrer Männlichkeit berauben wollten, so sie denn noch funktionstüchtig war.

TV 8.10. Warum hatte Hesse ein vor vier Tagen stattgefundenes Fernsehereignis notiert? Ich ging zur Rezeption und fragte nach einer Fernsehzeitschrift der vergangenen Woche.

»Bitteschön, Herr Dennings. Die ist noch aktuell. Die Zeitschrift gilt zwei Wochen.«

»Gut zu wissen. Danke.«

Der Angestellte versuchte sich in Small Talk. »Bescheidenes Wetter, was? Da bleibt man lieber auf dem Zimmer.«

»Ja. Ich verlasse es erst um zwei. Habe noch zu tun.«

Heath prügelte sich gerade, als ich wieder auf meinem Zimmer war. Enge, helle Jeans, coole, braune Wildleder-Cowboystiefel, blaues Hemd und braune, ärmellose Lederweste. So teilte er ordentlich aus und steckte genauso ordentlich ein.

8. Oktober. Ich blätterte in der Zeitschrift, hielt bei besagtem Datum an und las. Ein fruchtloses Unterfangen. Nichts, was ich mit Hesse oder Staudt in Verbindung bringen konnte. Vielleicht hatte Hesse nur vorgemerkt, dass an diesem Abend Deutschlands neuestes Top-Model über den Laufsteg stolperte und erniedrigende Prüfungen, neudeutsch *challenges*, über sich ergehen lassen musste. Familientaugliche

Fleischbeschau der biederen Art. Bei seiner Vorliebe für nackte Haut nicht abwegig.

Sonja war überaus pünktlich. Punkt zwei Uhr meldete sich der Rezeptionist.

»Sie haben Besuch, Herr Dennings. Die Dame wartet in der Lobby.«

Sie sah hinreißend aus, etwas mehr zurechtgemacht als am Vorabend. Schicke Jeans, hochhackige Boots und ein halblanger, beigefarbener, auf Taille geschnittener Regenmantel.

»Hossa!«, entfuhr es mir.

»Gefällt's dir?«, fragte sie, drehte sich einmal im Kreis und knöpfte ihren Mantel auf. »Ein Burberry. Den habe ich mir letzte Woche gekauft.«

»Edel. Passt perfekt. Komm, lass uns fahren, die Karosse steht bereit.«

Ich legte eine CD auf, von der ich annahm, dass sie jungen Frauen gefallen konnte. *Moon Safari* von Air, feinster Synthie Pop, der perfekt in jede Lounge passte.

»Das kenne ich doch«, sagte Sonja beim dritten Song *All I need.*

»Es ist wohl ihr bekanntestes Lied«, klärte ich sie auf. »Ich weiß nicht mehr, welche es war, aber es wurde für eine Werbung im Fernsehen genutzt.«

Sie lächelte zufrieden und schaute aus dem Fenster. »Du willst dir also ein Haus kaufen, in der Einöde?«

»Vielleicht. Und du? Wenn du die Wahl hättest, wo würdest du wohnen?«

»Das ist ganz einfach. In einer Metropole. Paris wäre toll, New York. Aber ich träume nicht, Castor. Ich weiß sehr genau, was ich will und was ich verwirklichen kann. Ein Loft in Berlin, in Mitte, Prenzlauer Berg, Kreuzberg oder Friedrichshain. Zwei, drei Jahre noch. Dann habe ich genug Geld.

Ich bin gelernte Friseurin. Wenn ich meinen Meister habe, werde ich einen Salon eröffnen.«

Ich schwieg. Zwei, drei Jahre. Einerseits bewunderte ich ihre Entschlossenheit, auf der anderen Seite lief vor meinem geistigen Auge ein Defilee an sabbernden Männern vorbei, dicke und dünne, alte und junge, gepflegte und Stinker wie Hesse.

»Was ist?«

»Nichts. Gar nichts. Tolle Pläne«, antwortete ich.

»Du bist enttäuscht, oder?«

»Enttäuscht? Oh nein. Ich merke nur, dass ich langsam alt werde.«

Wir erreichten die Grenze zu Luxemburg, fuhren über die kurze Brücke in Wasserbillig, nach ein paar Hundert Metern bogen wir rechts ab, weiter die Sauer entlang, bis wir an dem kleinen Fachwerkhaus ankamen.

»Na, was sagst du?«

»Süß«, meinte sie, »da kann man wirklich was draus machen. Können wir rein?«

»Leider nicht. Ich habe keine Schlüssel. Den Makler habe ich nicht benachrichtigt. Ich werde morgen oder übermorgen einen Termin vereinbaren und mit einem Gutachter wiederkommen. Mir wurde ein Ingenieur aus Sirzenich empfohlen. Ich werde morgen bei ihm vorbeischauen.«

Während wir das Haus betrachteten, schmiegte sie sich an mich.

»Pass auf dich auf, wenn du die Bitburger fährst. Ich bin nicht abergläubig, aber ich werde das Gefühl nicht los, dass du dich in Gefahr begibst. Du ziehst Ärger an, glaube ich.«

»Ich suche ihn«, scherzte ich. »Warum erwähnst du die Bitburger?«

»Die B 51 ist gefährlich. Ständig passieren dort Unfälle. Erst vor ein paar Tagen gab es einen Todesfall. Im TV stand, dass

93

der Wagen mit überhöhter Geschwindigkeit von der Straße abgekommen ist.«

»Im TV?«

»Die Zeitung hier, der *Trierische Volksfreund.*«

TV 8.10.!

»Weißt du noch, in welcher Ausgabe das stand? Vielleicht am 8. Oktober?«

»Mag sein. Warum?«

»Nur so, ist unwichtig. Fahren wir?«

»Wohin?«, fragte sie.

»Ins Hotel?«

»Gerne.«

8. Kapitel

Zwei Stunden war sie noch geblieben. Ohne sie gefragt zu haben, hatte sie mir die Frage beantwortet, ob eine Frau, die vom Verkauf ihres Körpers lebte, noch selbst Glück beim Sex empfinden konnte. Wie der Frauenarzt, dem ich unterstellte, dass ihm das Blut beim Anblick einer nackten Frau nicht mehr zwischen die dicken Zehen schießen konnte. Sonja konnte. Im Gegensatz zum *Scheherazade* hatte sie sich mit Haut und Haaren hingegeben, nicht auf die Uhr geschaut, die Augen geschlossen, verdreht, geschwitzt, ihren und meinen Höhepunkt hinausgezögert, bis wir beide erschöpft kamen. Meine Wärme gesucht, sich an mich geschmiegt, geseufzt, nach intensiven Küssen die Lust auf ein berauschendes Nachspiel geweckt. Wir waren beide eingeschlafen.

Als ich aufwachte, war sie bereits gegangen. 23 Uhr? Dienst? Scheiße! Auf dem Nachttisch lag ein Zettel, auf dem sie ihre Telefonnummer notiert und ein Herz gezeichnet hatte. Eines, das von einem Pfeil durchbohrt wurde, von dessen Spitze ein Tropfen Blut fiel. Ich steckte den Zettel in meine Brieftasche, ging ins Bad, pinkelte, putzte mir die Zähne. Dann schaltete ich den Fernseher ein und kippte das Fenster, um eine letzte Zigarette zu rauchen. Ich wollte die Erinnerung an diesen Nachmittag eine Nacht weiterleben, suchte die Stelle am Kissen, wo ihr Parfum am intensivsten war und schlief ein.

* * *

»Den TV vom 8. Oktober möchten Sie?«

Der Angestellte am Sitz der Zeitung am Nikolaus-Koch-Platz wirkte nicht besonders überrascht. Ich war mit Sicherheit nicht der Einzige, der sich nach einer älteren Ausgabe erkundigte. Aus den wohl unterschiedlichsten Gründen wendeten sich immer wieder Menschen an die Redaktionen von Printmedien, auf der Suche nach einer bestimmten Meldung, diversen Recherchen oder um die Ausgabe des Geburtstags eines Verwandten druckfrisch zu erstehen.

»Bitte sehr.«

»Besten Dank, das macht?«

»Kostenloser Service für unsere Leser. Sind Sie schon abonniert?«

»Noch nicht. Aber wenn ich an die Mosel ziehe, werde ich drüber nachdenken.«

Ich lief weiter zum Hauptmarkt und setzte mich in ein Café. Ich bestellte ein Frühstück, Kaffee, Brötchen, ein gekochtes Ei, Käse und Marmelade. Erst jetzt begriff ich, wie lange ich nichts mehr gegessen hatte. Von Liebe und frischem Wasser allein ließ es sich doch nicht leben. Der bittersüße Film mit Julien Clerc und Miou-Miou schoss mir durch den Kopf, ein klammer Musiker und seine junge Muse ohne Geld auf der Suche nach dem Glück quer durch Frankreich. Ein Road Movie der späten Hippie-Generation. Von Liebe wollte ich mir den Appetit nicht verderben lassen. Das goldgelbe Brötchen, das ich dick mit Butter bestrich, war knusprig und frisch, das Kochei genau so, wie ich es am liebsten aß, weich gekocht das Gelbe, das Eiweiß fest. Die Küche verfügte über eine perfekte Eieruhr, oder der Koch hatte es einfach im Blut. Wie die nervende Ehefrau in Loriots Szenen einer Ehe.

Überregionales und Agenturmeldungen überblätterte ich, um mich gleich dem Lokalteil zu widmen, in dem ich ein Ereignis vermutete, das Hesse so bedeutend gefunden hatte. Hier ein kleiner Diebstahl, ein Bericht zur Weinlese und zur erwarteten Qualität des neuen Jahrgangs, die beabsichtigte

Schließung einer Grundschule, etwas Kommunalpolitik, Berichte über Kultur in der Region. Und ein tödlicher Unfall auf der Bitburger: *Die Polizei vermutet, dass der 39jährige Fahrer wegen überhöhter Geschwindigkeit in der Linkskurve von der Fahrbahn abgekommen ist, die Leitplanke durchbrochen hat und anschließend mit voller Wucht gegen einen Baum geprallt ist. Laut Feuerwehr war der Mann auf der Stelle tot. Der neue Vorfall reiht sich ein in eine Serie schwerer Unfälle mit Todesfolge ...*

Ich las weiter, jeden Artikel, jede Annonce, versuchte Namen und Ereignisse mit Hesse in Verbindung zu bringen, blätterte parallel in seinem Notizheft. Nichts. Nur der tödliche Unfall, dazu das Bild des beschädigten Fahrzeugs, ein blauer Passat. Der Name des Fahrers wurde natürlich nicht erwähnt. Trotzdem musste es bei Hesse geklickt haben. Er kannte den Besitzer des Fahrzeugs, dessen war ich mir sicher.

Die Bedienung räumte ab. »Darf es noch was sein?«

»Ich hätte noch gerne einen Orangensaft, frisch gepresst, bitte. Und hätten Sie vielleicht auch ein örtliches Telefonbuch? Ich suche einen Schrottplatz.«

Die junge Dame schaute mich überrascht an. Ihr Blick wanderte von meinem Kopf bis zu den Schuhen, auf der verzweifelten Suche nach einem Zusammenhang zwischen einem Schrottplatz und einem eleganten Herrn im besten Alter. »Ich denke schon«, antwortete sie, »ich frage die Chefin mal nach dcm Branchenbuch und bringe es Ihnen.«

Mit einem Lächeln servierte sie Orangensaft und Branchenbuch. Eigentlich hübsch beim zweiten Hinsehen, leider falsch verpackt in ihrer unsäglichen, altmodischen, weißen Bluse, dem schwarzen Rock und braunen Strumpfhosen, die ihre Großmutter mit höchster Wahrscheinlichkeit auch schon getragen hatte. In Gedanken richtete ich ein Stoßgebet an den Schöpfer der Frauen, er möge die abstrusen Sexismus-Debat-

97

ten in Deutschland nicht dazu führen lassen, dass feine Wäsche eines Tages dem Relikt einer frauenverachtenden Machogesellschaft angehören würde.

Nur wenige Schrottplätze in der Region und eine größere Autoverwertung mit einer Art von Monopolstellung, wenn man der professionellen Werbung mit eigenem Internetauftritt Glauben schenken konnte. Luxemburger Straße, Autoverwertung Combach. Ich zahlte und machte mich auf den Weg.

Ich hatte ein falsches Bild von Schrottplätzen, eines, das geprägt war von Kriminalfilmen oder billigen Dokus. Ich dachte an dubiose, heruntergekommene Gestalten inmitten ungeordneter Autowracks, an eine alte Baracke, in der krumme Geschäfte abgewickelt wurden, an dreckige Hinterhöfe mit kläffenden Hunden. Das Bild, das sich mir bei Combach bot, widersprach allen gängigen Klischees. Ein großes Gelände, das unterteilt war in einen Bereich mit preiswerten Gebrauchtwagen und einen weiteren mit Wracks, die entweder schon ausgeschlachtet waren oder denen Bastler eigenständig Ersatzteile entnehmen konnten. In der gelb gestrichenen Halle befanden sich Büros und eine Werkstatt. Wenn die Polizei die Routineermittlungen bereits abgeschlossen hatte, dann würde ich den Passat hier finden. Ich lief das Gelände ab, vorbei an den Unfallfahrzeugen.

»Kann ich Ihnen helfen?«

Ein Mechaniker im Blaumann näherte sich von der Werkstatt.

»Guten Tag. Ich suche nach Ersatzteilen für meinen Passat. Irgendein Idiot hat mir auf dem Parkplatz den Rückscheinwerfer beschädigt.«

»Unfallflucht, was?«, meinte der Mechaniker. »Die Leute haben kein Unrechtsbewusstsein mehr. Hauen einfach ab.«

»Ja. Schlimm, wirklich schlimm«, sagte ich und schüttelte den Kopf. »Ich könnte ja in die Werkstatt gehen, aber wenn die Versicherung nicht zahlt, sind wieder ein paar Hundert Euro weg.«

Er nickte verständnisvoll.

»Können Sie das denn selbst austauschen? Wo steht Ihr Wagen? Ich kann mir das mal angucken, wenn Sie wollen.«

»Das ist sehr nett, aber ich bin mit dem Wagen meiner Frau unterwegs. Der Passat steht in der Garage.«

»Hm, okay, kommen Sie mit. Passat haben wir auf dem Hof keine, aber in der Werkstatt steht ein Unfallwagen, ist erst vor ein paar Tagen reingekommen. Sieht ziemlich übel aus, jedenfalls vorne. Hinten ist er kaum beschädigt. Wenn das Baujahr passt, kann ich Ihnen vielleicht weiterhelfen.«

Wir gingen in die Werkstatt. Sie war riesig, mehrere Bühnen, es herrschte Betrieb, Mechaniker schraubten, schweißten, lackierten, retteten, was zu retten war, schlachteten aus, was der Presse zugeführt werden sollte.

»Hier ist das gute Stück.«

Das war er, der blaue Passat, kein Zweifel. Ich lief um den Wagen herum. Die Front glich einem Schlachtfeld, die Windschutzscheibe zersplittert. Innen ein erschlaffter Airbag und ein Lenkrad, das gefährlich nah Richtung Fahrersitz gedrückt worden war. An der rechten Seite, Höhe Beifahrertür weiße Lackspuren, am Kotflügel zudem eine ordentliche Delle.

»Mein lieber Schwan ...«, murmelte ich.

»Ja, das kann man wohl sagen. Tödlicher Unfall auf der Bitburger. Der arme Kerl ist frontal gegen einen Baum geknallt.«

»Oh. Und die weißen Lackspuren?«

Der Mechaniker griff in seinen Blaumann und holte ein Päckchen Zigaretten heraus. Genüsslich nahm er einen tiefen Zug. »Die Lackspuren?«, wiederholte er und stieß den Rauch aus den Nasenlöchern. »Es ist kaum zu glauben, aber er hatte zwei

99

Unfälle an einem Tag.« Er schüttelte den Kopf. »Arme Sau. Das war definitiv nicht sein Tag. Am Nachmittag fuhr ihm irgendein Depp auf einem Parkplatz in Trier in die Seite, beim Einparken, unfassbar. Am Abend, zack, der Baum. Schon Scheiße.«

»Wirklich bitter. Besonders für die Angehörigen.«

»Oh ja, das ist wahr! Frau Knode tut mir wirklich leid. Eine attraktive Frau. Sie war am Boden zerstört. Wir haben ihr für das Wrack noch hundert Euro gegeben. Na ja, die kriegen wir noch raus.«

»Knode? Aus Ruwer?« Mir fiel mangels Kenntnis kein anderer Ort ein.

»Nein, Quint. Jan und Erika Knode aus Quint«, berichtigte er mich. »Und, ist es das gleiche Baujahr?«

Ich betrachtete fachmännisch den lädierten Wagen.

»Schade, leider nicht. Meiner ist neueren Datums, 2009er Modell.«

»Oh, der hier ist älter. Schade.«

Wir verließen die Werkstatt.

»Sagen Sie, vermieten Sie auch Fahrzeuge?«

Der Mechaniker beäugte mich misstrauisch.

»Was meinen Sie?«

»Ein Bekannter wechselt berufsbedingt in kurzen Intervallen seinen fahrbaren Untersatz. Ich arbeite in der gleichen Branche.«

»Sie sind ein Kollege von Hesse?«, fragte er grinsend.

»Stimmt! Sie sind gut!«

»Herrmann-Josef ist ein alter Kumpel von mir. Er benutzt häufig verschiedene Wagen. Damit man ihm nicht auf die Schliche kommen kann. Pfiffig, oder? Wir können ihm Tageszulassungen anbieten, manchmal ziemliche Krücken, aber unauffällig. Und das ist ihm wichtig.«

»Sehr vorausschauend«, merkte ich an.

»Wenn Sie ein Freund von Herrmann-Josef sind, dann können wir Ihnen bestimmt gute Konditionen anbieten.«

»Ich komme darauf zurück.«

* * *

Ad quintum lapidem, zum fünften Meilenstein. Die römische Geschichte der Region war hier allgegenwärtig, vor allen Dingen bei den Ortsnamen. Das Örtchen Quint verdankte seinen Namen also seiner geographischen Lage. Knodes Haus lag in unmittelbarer Nähe des Pidollschen Barockschlosses, direkt am Quintbach, der gemächlich seinen Weg in die Mosel suchte. Attraktiv hatte Combach die junge Witwe genannt. Ansehnlich durchaus, aber für meinen Geschmack etwas zu stämmig, die Taille kaum wahrnehmbar, herbe Gesichtszüge, verstärkt durch die noch frische Trauer. Mir war bei unserem ersten telefonischen Kontakt nichts Besseres eingefallen, als ihr eine abgespeckte Wahrheit zu präsentieren und mich als Berliner Privatdetektiv vorzustellen. Das Lügengebilde, mit dem ich mir Zutritt verschafft hatte, bestand darin, dass ich vorgab, für Versicherungen tätig zu sein und regelmäßig tödliche Unfälle auf ein mögliches, vorsätzliches Drittverschulden untersuchte, um Schadensersatzansprüche geltend machen zu können. Sie war tapfer, bat mich ins Haus und hatte im Wohnzimmer bereits Kaffee und Gebäck bereitgestellt. Wir setzten uns.

»Frau Knode, vielen Dank, dass Sie sich die Zeit nehmen. Es ist bestimmt nicht leicht für Sie, so kurz nach dem Unfall Ihres Mannes über Geldangelegenheiten zu sprechen.«

Sie nickte und bemühte sich um ein höfliches Lächeln. »Es muss ja weitergehen«, sagte sie. »Jan und ich sind seit sieben Jahren verheiratet. Wir hatten mit der Hochzeit gewartet, bis er das Studium beendet und eine Anstellung gefunden hatte. Jetzt, wo das Haus fast abbezahlt ist, wollten wir über Nachwuchs nachdenken. Alles lief nach Plan. Immer. Spontaneität war nicht seine Stärke, aber das war in Ordnung, es gab uns beiden Sicherheit. Man sollte wohl nicht so lange planen, oder, Herr Dennings?« Tränen schossen ihr in die Augen.

Ich reichte ihr ein Taschentuch und antwortete nicht. Ständiges Planen und die vermeintlichen Nebensächlichkeiten zurückstellen war etwas für zwanghafte Menschen.

»Aus einem gemeinsamen Kind ist nun nichts mehr geworden. Vielleicht besser so. Ich hätte vielleicht Trost mit einem kleinen Mädchen oder einem kleinen Jungen, könnte mich an mein Kind schmiegen, durch seine Wärme die meines Mannes spüren. Aber das ist egoistisch. Das Kleine würde täglich nach seinem Vater fragen, als Halbwaise aufwachsen. Es muss weitergehen. Ich habe ein paar Tage Urlaub genommen. Nächste Woche werde ich wieder arbeiten gehen, um auf andere Gedanken zu kommen. Wenn alles abgewickelt ist. Ich rede zu viel, entschuldigen Sie.«

»Nein, nein«, beschwichtigte ich sie, »Sie sind eine bemerkenswerte Frau. Es geht weiter, glauben Sie mir. Es ist richtig, dass Sie nach vorne schauen.«

Ich klammerte mich an diese Plattitüden, die Hinterbliebenen immer wieder gesagt wurden. In vielen Fällen trafen sie auch durchaus zu, trotzdem gab es Leute, die am Verlust eines geliebten Menschen zugrunde gingen.

Erika Knode griff nach dem dünnen Aktenordner, der neben ihr auf dem Sofa lag, und reichte ihn mir.

»Sie interessiert dann eher der Unfallhergang, oder? Der Polizeibericht ist in der zweiten Klarsichthülle, auch das Ergebnis der Ermittlungen. Jan wurde auf Alkohol untersucht. Er hatte wohl etwas getrunken, aber nicht viel, 0,5 Promille. Daran kann es nicht gelegen haben. Jan stammt aus einer Winzerfamilie. Mit Alkohol konnte er umgehen. Ich habe Ihnen Kopien gemacht.«

»Danke.«

Ich lehnte mich in den gemütlichen Sessel, trank einen Schluck Kaffee und warf einen schnellen Blick auf die fein säuberlich in Klarsichthüllen gesteckten Dokumente. Den Antrag an die Lebensversicherung hatte sie noch nicht abgesandt. Er war ausgefüllt und unterschrieben, der Todesschein hing an. Als wollte sie diesen letzten amtlichen und fürchterlich pragmatischen Akt hinauszögern. Er war Jahrgang '74, sie 77, er war Krebs, sie Löwe. Mit Sternzeichen und ihrer Kompatibilität kannte ich mich nicht aus. Die Konstellation der Sterne hatte die beiden auseinandergerissen, bevor der Nachweis erbracht werden konnte.

»Entschuldigen Sie, wenn ich Sie danach frage, aber haben Sie nicht einen Anspruch auf Witwenrente? Sie führen, wie soll ich das sagen, Ihre Unterlagen sehr gründlich, wenn ich den Ordner so betrachte. Ich kann dazu nichts finden. Verschenken Sie nichts, Frau Knode.«

Ein mildes Lächeln ließ ihre verborgene Schönheit erahnen. »Hinterbliebenenversorgung heißt das bei Beamten, Herr Dennings. Das läuft etwas unkomplizierter als in der Rentenversicherung.«

»Ihr Mann war Beamter? Wo?«

»Bei der Aufsichts- und Dienstleistungsdirektion Rheinland-Pfalz im Kurfürstlichen Palais, der früheren Bezirksregierung.«

Bull's Eye! In dieser Behörde mit der unaussprechlichen Bezeichnung lag der Hase im Pfeffer begraben. Einige Fäden schienen dort zusammenzulaufen. »Ach, interessant. Was war sein Zuständigkeitsbereich?«

»Stellvertretender Referatsleiter«, antwortete sie nicht ohne Stolz, »Bereich Haushalt, Finanzen, Innenrevision. Er hat VWL studiert.«

Ich trank meinen Kaffee aus und hatte eine fürchterliche Lust auf eine Zigarette. Es drängte mich nach draußen.

»Möchten Sie noch einen?«

»Nein, vielen Dank, Frau Knode. Ich will Sie nicht länger behelligen. Stellen Sie Ihren Antrag. Es hilft nur der Versicherung, wenn Sie das Geld nicht abrufen, sonst niemandem. Nur eine Frage habe ich noch. Der Wagen Ihres Mannes wurde am gleichen Tag auf einem Parkplatz beschädigt. Haben Sie dazu keinen Unfallbericht?«

»Ist das nicht verrückt«, sagte sie. »Mein Mann hatte noch nie einen Unfall, und plötzlich an einem Tag ...« Sie beendete ihren Satz nicht und schien meine Frage vergessen zu haben.

»Ja, das ist kaum zu glauben. Vom ersten Unfall, Frau Knode, gibt es da einen Bericht?«, fasste ich nach.

»Oh, Entschuldigung, das ist sonst nicht meine Art. Spielt das noch eine Rolle?«

»Na ja, Sie wissen, die Schadensersatzansprüche. Auch wenn das Fahrzeug einen weiteren Unfall hatte, muss der erste Unfallgegner möglicherweise auch noch etwas zahlen.«

»Mein Mann war außer sich. Wie könne man so idiotisch eine Parklücke ansteuern, dass man die Seite und den Kotflügel des Nachbarfahrzeugs derart beschädige. Der Mann hatte tatsächlich einen Unfallbericht ausgefüllt und sogar die Polizei angerufen. Manch einer wäre bestimmt weggefahren. Den Bericht und einen Zettel mit einigen entschuldigenden Worten hat er hinter die Scheibenwischer geklemmt. Er konnte ja nicht abschätzen, wann der Halter des beschädigten Fahrzeugs auftauchte, und die Polizei hat den Bericht auch gegengezeichnet.«

»Dass Sie den Mann in Schutz nehmen, ehrt Sie, Frau Knode. Haben Sie Unfallbericht und den Zettel noch?«

»Ich weiß nicht … vielleicht … Moment …«

Sie stand auf, ging zur Garderobe im Eingangsflur und kramte in den Jacken ihres verstorbenen Mannes. Ich hörte, wie sie versuchte, ein Schluchzen zu unterdrücken. »Hier«, sagte sie knapp, als sie die Papiere gefunden hatte.

»Darf ich mir eine Kopie machen?«

»Behalten Sie sie. Für mich hat das keine Bedeutung. Wegen der paar hundert Euro möchte ich nicht kämpfen.«

»Danke. Frau Knode, hatte Ihr Mann in der letzten Zeit erhöhte Geldausgaben?«

»Was meinen Sie?«, fragte sie überrascht.

»Mehr Geld vom Konto abgehoben als gewöhnlich, Überweisungen, die Ihnen nichts sagen.«

»Wir haben keine Geheimnisse voreinander!« Wieder sprach sie in der Gegenwart von ihm. »Und wir kontrollieren uns nicht gegenseitig. Wir sind beide berufstätig, haben unsere eigenen Konten und ein gemeinsames. Wollen Sie vielleicht unterstellen, dass er eine Geliebte gehabt haben könnte?«

»Oh nein, ich frage mich nur, was er auf der Bitburger machte. Das liegt nicht gerade auf dem Arbeitsweg.«

Resigniert schüttelte sie den Kopf.

»Ausgerechnet an diesem Tag hatte er noch einen Außentermin. Er hatte mich angerufen, dass es etwas später würde. Er habe noch einen Gesprächstermin in Sirzenich.«

Ich merkte, dass meine Fragen sie langsam quälten, die Wunden aufrissen.

»Sie haben mir sehr geholfen, Frau Knode. Vielleicht hören Sie noch einmal von mir. Ansonsten kann ich Ihnen nur wünschen, dass Sie die Kraft finden, Ihr Leben neu zu orientieren. Auf Wiedersehen.«

Auf dem Weg zum Wagen rauchte ich zwei Zigaretten und überflog flüchtig den Unfallbericht. Unfallgegner: Samuel Fleig, Wohnort: Berlin.

Witzig, noch ein Berliner an der Mosel.

9. Kapitel

Vierkorn hatte Spaß an der Arbeit. Mit einigen wenigen gekonnten Handgriffen packte er das Ungetüm von Kamera aus dem Koffer, nahm ein paar Einstellungen am Display vor und richtete das Objektiv auf das Dach des Hauses.

»In der Gebäudediagnostik sind Untersuchungen mit der Wärmebildkamera unverzichtbar, Herr Dennings. Kein Ingenieur der Welt gibt Ihnen eine verbindliche Auskunft zur Struktur des Mauerwerks oder zu möglichen feuchten Stellen, ohne dieses Gerät einzusetzen«, erklärte er, ohne mich anzusehen.

»Teures Teil, was?«

Er setzte kurz ab und grinste mich an.

»Über zehntausend, wenn Sie neu kaufen. Aber das haben Sie schnell raus, wenn Sie gut im Geschäft sind.«

Herr Juncker, der Makler, stierte hochachtungsvoll auf das Arbeitsgerät des Ingenieurs und wartete auf den Urteilsspruch des Experten. Zu verschleiern gab es in Anbetracht ausgetüftelter technischer Hilfsmittel jetzt nichts mehr. Fatalismus bestimmte seine Gesichtszüge.

»Man kann heutzutage fast jeden Makel nachhaltig beseitigen«, stemmte er sich vorsorglich gegen eine Vorverurteilung.

»Nicht immer«, antwortete Vierkorn ruhig, während er langsam das Gerät über den Giebel steuerte. »Auch bei Immobilien gibt es Totalschäden. Da hilft nur noch der Abriss.«

Für die Außenansicht nahm sich Vierkorn knapp fünfundvierzig Minuten Zeit. Dann gingen wir zu dritt ins Haus.

107

Soweit er den Verlauf der Rohrleitungen erkennen konnte, widmete er sich vornehmlich deren Zustand. Heizungsrohre, Wasserleitungen und Fenster nahm er akribisch unter die Lupe. Im oberen Stockwerk wippte er mehrere Male auf dem Parkettboden.

»Ah! Da könnten aber ein paar Dielen ausgetauscht werden.«

»Es hat ja auch keiner gesagt, dass hier alles nagelneu ist«, merkte Juncker beleidigt an. Vierkorn klopfte ihm auf die Schulter und nickte.

Nach anderthalb Stunden hatte Vierkorn genug gesehen. Er verstaute sein Gerät wieder im Koffer und reichte dem Makler die Hand, nachdem wir das Haus verlassen hatten.

»Herr Dennings wird sich dann bei Ihnen melden«, sagte er knapp.

Juncker lächelte gequält, verabschiedete sich und machte sich auf den Weg zu seinem Auto, das er am Straßenrand geparkt hatte.

»Und?«, fragte ich.

»Ein Schnäppchen, wenn Sie mich fragen. Wenn Ihnen die Gegend gefällt, greifen Sie zu. Sie können bestimmt noch etwas runterhandeln. Kostspielige Mängel habe ich auf den ersten Blick nicht entdecken können, aber geben Sie mir noch einen Tag. Ich schaue mir das Ganze im Büro an und schreibe Ihnen ein kleines Gutachten mit Abzügen der Aufnahmen.«

Die Sonne schien. Wir schlenderten langsam zu unseren Fahrzeugen.

»Ist das Ihre Haupttätigkeit, Gutachten über Immobilien fertigen?«

»Oh nein! Das ist eine angenehme Abwechslung, Herr Dennings. Für Privatpersonen arbeite ich gerne, aber viel zu selten. Ich bin diplomierter Bauingenieur und habe ein großes Büro, einige Angestellte, drei Architekten, zwei technische Zeichner, zwei Sekretärinnen. Mit ein paar Gutachten für ein paar Hundert Euro kommt man da nicht weit. Wie heißt es so schön: *Victim of one's own success*. Je größer und zahlreicher die Aufträge, desto mehr Angestellte brauchen Sie. Wir machen alles, von der Konzeption bis zur Bauleitung, vom Einfamilienhaus bis zum Großprojekt.«

»Glückwunsch.«

»Danke. Wie man es nimmt, Herr Dennings. Ich verdiene sehr gut, keine Frage, aber es ist schon ein Stress.«

»Ist das so schlimm? Sie sind doch Ihr eigener Herr, oder? Sie können Ihren Preis bestimmen«, fragte ich naiv.

»Leider nicht, Herr Dennings. Ein Libeskind und andere Stararchitekten fahren Honorare ein, die mit der Realität normalsterblicher Architekten und Ingenieure nicht viel gemein haben. Wenn Sie Angestellte und eine gewisse Größe erreicht haben, brauchen Sie hin und wieder Großprojekte. Großprojekte werden fast immer von der öffentlichen Hand vergeben.«

»Der Berliner Großflughafen. Stuttgart 21«, merkte ich an.

»Zum Beispiel. Da gibt es so viele Beteiligte, das ist schlimmer als der Turmbau zu Babel. Und das mit Abstand Schlimmste ist das Vergaberecht bei öffentlichen Aufträgen. Wissen Sie, es ist wie so oft. Ursprünglich bestimmt eine sinnvolle juristische Regelung die Sicherstellung eines fairen Wettbewerbs. Aber mittlerweile so kompliziert, dass es die verrücktesten Stilblüten treibt. Sie haben Bundesrecht, Landesrecht, europäisches Recht, wir hier im Grenzgebiet auch noch luxemburgisches, belgisches und französisches Recht. Für Juristen ein El Dorado. Die öffentliche Hand stellt den Wettbewerbern ein Lastenheft zur Verfügung, die dann ein umfangreiches, zig Seiten umfassendes Angebot erstellen. Dass die öffentlichen Kassen klamm sind, weiß auch Lieschen Müller, und so hat sich bei den Preisen mittlerweile eine gefährliche Abwärtsspirale entwickelt, die den Gewinner des Wettbewerbs nicht mehr nährt. Zuschläge werden auf Kostenkalkulationen erteilt, die völlig unrealistisch sind. Warum wohl werden Projekte wie die von Ihnen genannten urplötzlich so viel teurer? Unter den Großen gibt es trotzdem Preisabsprachen, Sie haben Korruption, und die Schwarzarbeit blüht. Wenn Sie wüssten, wie viel Schwarzarbeiter auf Baustellen des Bundes arbeiten! Der Wettbewerb ist nicht fairer geworden, Herr Dennings. Leider. Und die Qualität leidet darunter.«

Wir erreichten unsere Wagen. Vierkorn fuhr einen standesgemäßen, schwarzen SUV. Er bemerkte meinen Blick und lachte.

»Ich weiß, was Sie jetzt denken, Herr Dennings. Klagen auf hohem Niveau gehört zum Geschäft. Machen Sie es gut, ich melde mich dann morgen bei Ihnen. Auf Wiedersehen.«

* * *

Ich fuhr einen kleinen Umweg, um die Gegend besser kennenzulernen, vorbei an der Armada von Tankstellen und Shops, die am Ortsausgang lagen. Im Örtchen Grevenmacher kaufte ich Zigaretten und Rotwein. *Route du Vin*, wie passend. Die Straße führte mich zur Brücke, die den Grenzübergang nach Deutschland markierte. Auf der anderen Moselseite fuhr ich die Obermoselstraße über Konz zurück nach Trier. Ich hatte leichte Kopfschmerzen. Zu viel geraucht, zu wenig getrunken. Ich steuerte mein Hotel an. Mein Zimmer duftete nach frischer Bettwäsche, die Luft war unverbraucht. Den Service musste das Zimmermädchen bei offenen Fenstern verrichtet haben.

Aus der Schublade meines Nachttischs nahm ich den Unfallbericht, den mir Frau Knode am Vortag gegeben hatte. Samuel Fleig. Was für eine ehrliche Haut. Hatte sogar die Polizei gerufen, um in ihrer Gegenwart den Bericht auszufüllen und seine Schuld einzugestehen. Ob er seiner Versicherung bereits den Schaden gemeldet hatte? Ich rief ihn an.

»Fleig.« Die Stimme klang erwartungsgemäß jung. Schneidig. Sein Geburtsjahr lautete auf 1984.

»Guten Tag, Herr Fleig, entschuldigen Sie die Störung. Mein Name ist Dennings. Ich arbeite für die Versicherung Ihres Unfallgegners, Herrn Knode. Sie erinnern sich doch? Der Unfall auf dem Parkplatz in Trier. Beim Einparken haben Sie Herrn Knodes Fahrzeug beschädigt.«

Fleig schwieg. Er schien nachzudenken.

»Herr Fleig?«

»Ja?«, sagte er knapp. »Und?«

»Herr Knode hatte am gleichen Tag noch einen Unfall. Einen tödlichen ...«

»Herr ... Dennings«, unterbrach er mich abrupt. »Was wollen Sie? Ich habe den Schaden meiner Versicherung gemeldet, und damit ist die Sache für mich gegessen, klar? Das regeln wohl die Versicherungen untereinander, und das wissen Sie genauso gut wie ich. Also, was wollen Sie sonst?«

Ich ärgerte mich über mich selbst. Der Vorwand, unter dem ich ihn kontaktierte, hielt nicht im Geringsten stand.

»Okay, sorry«, versuchte ich die Situation zu retten, »ich bin ein guter Freund der Familie Knode. Erika ist am Boden zerstört. Sie denkt noch nicht einmal an die finanziellen Ansprüche, die ihr zustehen.«

Meine Mitleidstour amüsierte Fleig. »Sie sind ein verdammt schlechter Schauspieler, Dennings. Da kenne ich mich aus. Wir beenden wohl besser das Gespräch. *Passen Sie auf sich auf, Mann.*«

Er legte auf. Ein selbstsicherer Kerl, der ohne Anlaufzeit in den Angriffsmodus schalten konnte. Und etwas, das nach einer Drohung klang: Passen Sie auf sich auf, Mann. Ich kramte nach der Telefonnummer von Jeff. Seine Freude war nie gespielt, wenn er ein Lebenszeichen von mir erhielt, und das nicht nur wegen eines möglichen Auftrags und eines kleinen Nebenerwerbs. Ich bat ihn, etwas über Fleig herauszufinden, wo er arbeitete, wo er sich aufhielt.

Jeff willigte ohne zu zögern ein. »Nichts leichter als das, Chef!«

* * *

Was hatte die Bronzestatue des Bauernlümmels vor dem Bankgebäude mit einem Geldinstitut zu tun? In Lebensgröße trieb ein junger, durchtrainierter Schweinehirt mit lockigem Haar und bloßem Oberkörper drei faule Ferkel vermutlich Richtung Trog. Barfuß, wie es sich für einen Naturburschen gehörte. Die einzige Kleidung, die er trug, war eine enge Jeans, die die strammen Waden, die muskulösen Oberschenkel und das wohlgeformte Hinterteil vortrefflich zur Geltung brachte. Ein moderner, griechischer Halbgott für Frauen, eine Augenweide für das schwache Geschlecht. Warum keine Schäfchen, die ins Trockene geholt wurden? Stellten die Schweine Bankberater dar, der Hirte die Bankenaufsicht? Angesichts der andauernden Finanzkrise eine Deutung, die in meinen Augen durchaus ihre Berechtigung fand. Unentschlossen betrachtete ich das Werk, das die meisten Passanten wohl kannten. Einheimische, die achtlos an den Kunstobjekten ihrer Stadt vorbeiliefen. Sparschweine! Natürlich, es musste sich um lebende, glückliche Sparschweine handeln, die von einem furchtlosen Bankkaufmann in Gestalt eines Adonis ins Sichere gebracht wurden. Ich schaute genauer hin und tastete den kalten Rücken der Sauen nach einem Einwurfschlitz ab. Nichts da, das wäre auch zu profan gewesen. Diese Sau, seit jeher das Symbol der Fruchtbarkeit, brauchte keinen Schlitz, um die Verkörperung von Glück darzustellen, das dem Kunden dieser Kasse zuteilwerden sollte. Ich war begeistert, und meine Euphorie steigerte sich ins Unermessliche, als ich die Werbeplakate in der Glasfront las: *Ihre eigenen vier Wände? Kein Problem mit unserem maßgeschneiderten Darlehen! Nur 2,4 Prozent effektiver Jahreszins auf zehn Jahre! Sie haben Schwein gehabt!* Noch ein Schwein.

Von außen enttäuschte das Gebäude der örtlichen Sparkasse, fürchterliche, graue Aluminiumverkleidung, eine Fassade aus den Siebzigern, schätzte ich, einst hypermodern, weg von den üblichen Baustoffen hin zu beständigen, leicht zu wartenden Elementen, die bei Bedarf einzeln ausgetauscht werden konnten. Die nüchternen Betonsäulen, die die vorgeschobene Konstruktion stützten, machten das Ganze nicht besser. Umso überraschter war ich, als ich mich letztendlich durchrang, das Gebäude durch die Glasschiebetür zu betreten. Banken lösten bei mir ein ähnliches Unwohlsein aus wie bei anderen der Zahnarztbesuch. Gesicherte Schalter mit Panzerglas, Verschläge wie im Pfandleihhaus waren passé. Eine Wohlfühloase erwartete den Bankkunden von heute. Ein großes, offenes Rund, angenehmes Licht, andächtige Stille, hier und da Infoboxen mit Broschüren, Selbstbedienungsterminals und offene Schalter, hinter denen gepflegte Angestellte ihre Kunden bedienten.

Ich setzte mich auf einen der schwarzen Ledersessel und inspizierte meine Schuhe. Ordentliches Schuhwerk gehörte zu meinen Fetischen. Über die Schwelle eines Schuhdiscounters konnten mich keine zehn Pferde ziehen. Stärker als bei vielen anderen Produkten hatte ich bei Schuhen ein stimmiges Verhältnis zwischen Preis und Qualität ausgemacht und machte einen Bogen um vermeintlich italienische Schuhe für dreißig Euro, die vermutlich in Pakistan hergestellt worden waren. Meine Treter und die Herkunft des Leders waren über jeden Zweifel erhaben. Und außerdem glänzten sie, was ich für einen Besuch bei der Bank für unabdinglich erachtete. Also alles bestens für einen überzeugenden Auftritt.

Sechs Schalter waren in Betrieb. Eine junge Bankkauffrau am zweiten Schalter von links, von meinem Platz aus gesehen, schien mir der geeignete Einstieg. Ihre langen, brünetten Haare hatte sie zu einem Pferdeschwanz gebunden, die schmalen Lippen dezent geschminkt. Unter dem dunkelblauen Blazer trug sie eine fliederfarbene, relativ weit geschnittene Bluse, deren oberster Knopf geöffnet war. Mehr hätte sich an diesem Ort nicht geziemt. In dieser Hinsicht ähnelten Banken den Kirchenhäusern. Libido ausblenden, Sexualität nur hinter verschlossenen Türen. Sie hatte gerade einen Kunden abgefertigt. Mit Erfolg, er verließ sie lachend und hob zum Gruß den Arm. Während sie sich nach dem nächsten umschaute, trank sie einen Schluck Wasser aus einer kleinen Plastikflasche. Die Art, wie sie sie ansetzte, verzückte mich, den Mund vornehm gespitzt, nur so viel von der Öffnung mit den Lippen umschließend, dass kein Wasser daneben laufen konnte. Nachdem sie die Flasche wieder hinter dem Schalter abgestellt hatte, steuerte ich sie mit festen Schritten an. Jetzt konnte ich das Namensschildchen auf ihrem Blazer erkennen. Sehr kundenfreundlich.

»Guten Tag, Frau Franzen, ich möchte einen Bausparvertrag abschließen.«

Unsicher, ob sie mich kennen musste, vermied sie geschickt die persönliche Ansprache.

»Das ist immer ein gutes Produkt. Ich müsste Sie an einen meiner Kollegen weiterreichen. Für Finanzprodukte sind unsere geschulten Berater zuständig. Geben Sie mir bitte Ihre Kontonummer?«

»Ich bin hier noch nicht Kunde, beabsichtige aber, einer zu werden. Mein Name ist Dennings. Castor L. Dennings.«

»Ah, gut, Herr Dennings. Warten Sie bitte einen kurzen Augenblick. Ich schaue eben nach, wer frei ist.«

Sie verschwand hinter den abgeschirmten Bereich, der für längere, manchmal auch unangenehme Kundengespräche vorgesehen war. Die nächste Stufe auf der Karriereleiter eines Bankers. Erst an der Front beweisen und Hinz und Kunz bedienen, nach den ersten Meriten der abgetrennte Bereich für das vertrauliche Gespräch. Immer noch im Erdgeschoss. Zum mittleren und gehobenen Management durfte man sich zählen, wenn der Aufstieg in die Büros der ersten Etage erreicht wurde. Es dauerte wirklich nicht lange, bis sie zurückkam und mir ihr schönstes Lächeln schenkte. Ihre Zahnreihen waren makellos.

»Herr Dennings, kommen Sie mit? Herr Diederich wird sich um Sie kümmern.«

Herr Diederich war genauso freundlich wie seine junge Kollegin, nur nicht so hübsch. Korrekt gekleidet, vom Scheitel bis zur Sohle, aber ohne nennenswerte Alleinstellungsmerkmale, um nicht zu sagen eine Allerweltserscheinung. »Setzen Sie sich doch, Herr Dennings! Darf ich Ihnen einen Kaffee anbieten?«

»Oh, gerne, Sie dürfen. Schwarz, bitte.«

Hinter der abgeschirmten Beraterecke befanden sich weitere Großraumbüros, die nach Sekretariat aussahen. Diederich besorgte uns dort einen frisch gebrühten Kaffee in weißen Porzellanbechern mit aufgedrucktem Banklogo.

»So, meine Kollegin sagte, Sie möchten einen Bausparvertrag abschließen, richtig, Herr Dennings?«

»Das ist richtig. Ich lebe in Berlin und überlege, an die Mosel zu ziehen.«

»Eine wirklich schöne Region. Ich bin hier geboren, in Mertesdorf, aber ich möchte die Mosel gegen keinen anderen Fleck der Erde eintauschen.« Diederich verstand sich in angenehmem, unverbindlichem Small Talk. »Sie denken wahrscheinlich schon an den Ruhestand.«

»Wie man es nimmt. Jedenfalls dachte ich, es wäre klug, die Bank zu wechseln, eine aus der Region zu nehmen. Auch wenn man heutzutage das Meiste online abwickeln kann, hin und wieder ist das persönliche Gespräch doch angezeigt.«

»Sie sagen es«, bestätigte er. »Dann schlage ich vor, dass wir gleich ein Konto für Sie eröffnen. Sie machen eine kleine Einzahlung, gerne per Kreditkarte, und dann beugen wir uns über die verschiedenen Tarife der Bausparverträge.«

Die Kontoeröffnung verlief reibungslos, erstaunlich unkompliziert und wenig Papierkram. Bei Angabe meines Geburtsdatums fühlte sich Diederich genötigt, mir zu schmeicheln. »Oh, schon! Sie haben sich gut gehalten!«

Anschließend erklärte er mir die verschiedenen Tarife, höherer Guthabenzins, höherer Darlehenszins und vice versa. Die Abschlussgebühr betrage ein Prozent der Bausparsumme.

»Haben Sie eine Vorstellung, wie hoch er sein soll?«

»Ich habe an einen Hunderttausender gedacht.«

Seine Augen leuchteten. Wie hoch sein Anteil an der Abschlussgebühr war, entzog sich meiner Kenntnis, aber mit Sicherheit eine erkleckliche Provision.

»Gut, dann wären wir so weit. Lesen Sie doch noch einmal in Ruhe durch, bevor Sie unterschreiben. Außerdem brauche ich noch Ihre Unterschrift für den Haftungsausschluss. Er besagt nicht anderes, als dass Sie über den Inhalt des Finanzprodukts mit all seinen Vor- und Nachteilen ausführlich aufgeklärt wurden.«

Ich nickte und zückte meinen teuren Füllfederhalter aus der Innentasche meines Jacketts, ein roter, marmorierter Waterman mit Goldfeder.

»Ach ja, bevor ich unterschreibe, Herr Diederich. Ich brauche noch ein Darlehen über 150.000 Euro. Ich möchte ein Haus in Wasserbillig kaufen, ein Schnäppchen.«

Er schaute mich verwirrt an. »Warum sagen Sie das nicht gleich?«

»Manchmal lohnt es sich, das Pferd von hinten aufzuzäumen.«

»Ja ... gut ... Da brauche ich aber noch mehr Angaben von Ihnen.«

Er fragte mich nach meinem Beruf, nach Eigentum, meinen Einkünften, Sicherheiten, seine Mundwinkel wurden magisch nach unten gezogen.

»Ähm ... Herr Dennings, Sie sind also selbstständig ... Privatdetektiv. Das ist ... in dem Sinne ... eigentlich kein gesichertes Einkommen. Und ein Darlehen in der Höhe in Ihrem Alter ... ohne Eigenkapital ... Das ist schwierig, sehr schwierig.«

»Meine Lebensversicherung dürfte Sicherheit genug sein. Sie bekommen von mir die letzten Steuerbescheide, Herr Diederich. Und mal unter uns Gebetsschwestern: Eben noch wollten Sie mir einen Bausparvertrag über Hunderttausend mit einer Ansparphase von sieben Jahren und einem sich anschließenden Darlehen verkaufen. Mein Alter hat sich seit-

117

dem nicht verändert. Sie sind ein hervorragender Berater, und selbstverständlich unterschreibe ich Ihren Haftungsausschluss. Nachdem Sie mir das Darlehen gewährt haben.«

»Das darf ich nicht allein entscheiden. Wir müssen Ihre Bonität prüfen.«

»Prüfen Sie. Ich vertraue auf das Votum, das Sie Ihren Vorgesetzten vorlegen. Spätestens übermorgen bekommen Sie Kopien der Steuerbescheide und das aktuelle Guthaben meiner Lebensversicherung.«

Er nickte. Ich stand auf und reichte ihm zum Abschied die Hand.

»Herr Diederich, das wird eine ganz tolle Zusammenarbeit. Noch einen schönen Tag!«

10. Kapitel

Männer haben es auch nicht leicht«, sagte Sonja, drehte sich um und legte sich auf den Bauch. Ihre Arme verschränkte sie unter ihrem Gesicht. Verträumt sah sie aus dem Fenster des Hotelzimmers.

Ihre Aussage überraschte mich. Aus dem Nichts heraus verteidigte gerade sie die männliche Gattung? Lag es daran, dass sie von ihr nichts erwartete? Anders als Katharina. Anders als Nathalie.

Der Himmel war wolkenverhangen. Kaum vorstellbar, dass er heute noch aufreißen und die Sonne durchscheinen lassen sollte. Der Herbst schien sich langsam durchzusetzen. Kein *Indian Summer*, er zeigte sich von seiner grauen Seite, die einen Vorgeschmack auf den Winter gab. Immerhin, noch regnete es nicht, und es wäre mir auch egal gewesen. Ich lag hier mit ihr, beide erschöpft vom Liebesakt, und ich streichelte ihren zarten Rücken, ihre schmalen Schultern, entlang der Wirbelsäule bis zum Steiß. Ihr Po war wie von Meisterhand gemeißelt. Perfekt der Übergang zu den glatten Beinen. Enthaarte sie mit Wachs oder rasierte sie die Beine? Oder hatte sie einfach Glück? Ein Tabu, eine Frage, die ein Mann nicht stellte, der Schein war Realität, eine Wirklichkeit, die nicht hinterfragt werden wollte. Ich wusste, ich würde sie heute ein weiteres Mal lieben. Nicht jetzt. Später, wenn die Glut neu entfacht würde.

»Ist das so?«

»Ja, das ist so, Castor. Rein biologisch. Ich meine die Wechseljahre.«

»Wenn man die Frau wechselt«, scherzte ich.

»Scherzkeks. Was denkst du wohl, warum so viele Männer ab Mitte vierzig plötzlich anfangen, die Dienste einer Prostituierten in Anspruch zu nehmen? Das ist die Angst vor dem Verlust der Manneskraft. Ihre Frauen sind nicht mehr wirklich scharf auf den Sex mit ihnen. Sie haben ihre Kinder gemeinsam großgezogen, das Häuschen ist bezahlt. Und jetzt? Der Schwanz wird kaum noch hart beim wöchentlichen Sex am Sonntag. Er fühlt sich nicht mehr begehrt, schafft es nicht mehr, die Frau zu erregen. Die Potenz lässt nach, langsam bei den Meisten, aber sie lässt nach. Das ist grausam. Sie denken zurück, als sie als pubertierende Jungen dreimal hintereinander onanierten und gerne ein viertes Mal, wenn die Haut nicht schon wund gerieben gewesen wäre. Und irgendwann taucht die Frage auf: War es das? Manch einer versucht es mit einer neuen Beziehung. Ein neues Leben beginnen. Das ist nur ein Aufschub. Andere, und das sind die, die ihre Frauen lieben oder zu faul und feige für einen Neustart sind, gehen in den Puff. Noch ein paar Mal Mann sein, bevor es zu spät ist.«

Ich suchte nach meinen Zigaretten. In meiner Erregung hatte ich völlig vergessen, dass ich sie in der Hosentasche gelassen hatte, anstatt sie wie gewohnt auf den Nachttisch zu legen. Sie hatte einen Tag frei. Einen Tag, den sie mit mir verbringen wollte. Der erste Zug war wunderbar, wie immer.

»Ich kippe das Fenster«, sagte ich.

»Kein Problem, ich gehe in die Dusche. Ich habe Hunger, Castor. Wollen wir essen gehen?«

Ihre Betrachtungen über uns Männer überraschten mich. Jedes Mal, wenn sich verdiente Feministinnen und kämpferische Suffragetten im Fernsehen die Ehre gaben, schämte ich mich heimlich für meine Artgenossen, bereute manche Bemerkung gegenüber Nathalie und anderen Frauen. Gelobte Besserung. Den Blick starr auf Augenhöhe halten, Brüste, Po und Beine ausblenden. Vorsätze dieser Art hielten glücklicherweise nur wenige Stunden, und lieber lebte ich mit dem Makel, der Verpackung der inneren Werte Priorität einzuräumen, als auch nur eine Schönheit unbesehen an mir vorbeiziehen zu lassen. Willkommener Flirt oder sexistische Anmache, der Grat war schmal. Vielleicht hatte Sonja ja recht. »Männer sind Schweine«, sangen die Ärzte. Viele waren einfach nur arme Schweine, dachte ich.

Was war ihr Geheimnis? Was unterschied Frauen von Männern, wenn sie aus dem Bad kamen? Wie neugeboren sahen sie aus, unberührt und begehrenswert. Lag es an der Beschaffenheit ihrer Haut, dass wohl duftende Lotionen nur an ihren Körpern die volle Wirkung entfalteten? Männer waren sauber nach ihrem Besuch im Bad, Frauen verließen es wie eine mit frischen Lebensgeistern betörende Undine.

»Du siehst hervorragend aus.«

Sonja lächelte. Sie trug eine enge Jeans und eine weiße Bluse.

»Können wir dein Auto nehmen?«, fragte sie und hob entschuldigend ihre hochhackigen Schuhe hoch.

»Natürlich. Wo willst du hin?«

»Jetzt wohne ich schon so lange hier und habe noch nie römisch gegessen. Kennst du das?«

»Römisch?«

»Klar, wenn nicht in der ältesten Stadt Deutschlands, wo sonst. Am Hauptmarkt gibt es ein Restaurant, das angeblich original römische Gerichte anbietet. Hast du Lust? Komm, lass es uns ausprobieren.«

Ich hatte Lust. Das Feuer brannte schon wieder. Egal, sie hatte Appetit. Ich ging kurz ins Bad, wusch mein Gesicht, meine *private parts*, sprühte etwas Deo unter die Achseln und verteilte einige Spritzer Eau de Toilette im Gesicht. *Acqua di Gio* musste es richten, wer auch immer Gio war und wo auch immer sich die Quelle seines Wassers befand.

Das Restaurant lag im Herzen der Fußgängerzone, direkt am Hauptmarkt, und wie der Name sagte, nur wenige Schritte vom Dom entfernt. *Zum Domstein.* Wir bekamen einen Tisch im Römischen Weinkeller, der den Besucher mit diversen Ausgrabungsstücken auf seine historischen Gerichte einstimmte. Kein Geringerer als Marcus Gavius Apicius zeichnete für die Rezepte verantwortlich. Was 2000 Jahre jede Modeerscheinung überlebt hatte, musste einfach schmecken. Die Bedienung war in eine Toga gehüllt und hatte sichtlich Spaß an ihrem Job. Lamm nach Tarteianus hieß mein Hauptgericht, Sonja wählte die Kalbsschnitzelchen in weißer Piniensauce.

Ich beugte mich gerade über die Weinkarte, als die Bedienung uns einen Aperitif servierte.

»Bitteschön, Mulsum.«

»Oh, vielen Dank, ein Willkommenstrunk?«, fragte ich.

»Das gehört zum Menü«, antwortete sie freundlich. »Eine römische Weinzubereitung mit Honig.«

»Ah, Met!«

»Nein«, korrigierte sie mich freundlich, »Met nennt man zwar auch Honigwein, aber es ist kein Wein, sondern ein gegorenes Getränk aus Honig und Wasser.«

Mir war es gleich. Hauptsache, es schmeckte und hatte einige Umdrehungen. Sonja mochte Weißwein, weswegen ich ausnahmsweise auf meinen Roten verzichtete und einen trockenen Riesling bestellte. Das Essen war hervorragend, fast jeder Tisch im Weinkeller besetzt. Eine Goldgrube. Angenehmes Ambiente, ein durchdachtes Konzept, professionell geführt. Es hatte Momente in meinem Leben gegeben, in denen ich mich als Gastwirt eines florierenden Lokals gesehen hatte. Eine Träumerei, die ich wohl mit vielen teilte, ein Vorhaben, das manch einer blauäugig in die Tat umgesetzt hatte, um letztlich verzweifelt in einer Doku-Soap mit einem hyperaktiven Sternekoch zu enden.

Die Zeit verging wie im Flug, während wir aßen. Wir unterhielten uns über Belanglosigkeiten, Urlaub, Strände, Fernsehen, Tagesgeschehen, Skandale und Skandälchen. Ich referierte über die franko-belgische Comicszene. Sie lachte mich aus.

»Du liest Comics?«

»Oh ja. Die neunte Kunst. Leider haben wir im Deutschen keine adäquate Bezeichnung für diese Kunstform. Comics ist zu kurz gegriffen. Vielleicht kann ich dir mal irgendwann meine Sammlung zeigen.«

»Aha, bei dir sind es Comics, keine Briefmarken«, frotzelte sie.

»Voilà, so ist es.«

»Ich habe dich bisher noch nicht gefragt, und es geht mich auch nichts an, aber ich bin neugierig. Wovon lebst du überhaupt?«

Ich trank einen kräftigen Schluck von meinem goldgelben Riesling. Er hatte einen ordentlichen Gehalt und die genau richtige Temperatur. Frisch, aber nicht so kalt, dass man das Bouquet nicht mehr schmecken konnte.

»Ich bin selbstständig.«

»Aha? Makler, Vertreter, Versicherungen?«

»Vertreter trifft es am ehesten. Ich vertrete die Interessen meiner Kunden.«

Sie fragte nicht weiter. Diskretion gehörte zu ihrem Job, und sie hatte ein feines Gespür für Situationen, in denen jede Nachfrage überflüssig war. Langst satt aßen wir unser Dessert, ein Birnenauflauf, einen römischen, wie es sich gehörte, wobei mein Wissensdurst bezüglich der Originalität längst gestillt war. Nach Kaffee und Cognac zahlte ich. Sonja hakte sich ein, als wir zum Parkplatz liefen. Ich dachte schon an diesen besonderen Nachtisch, den ihr warmer Körper versprach. Die Fahrt zum Hotelparkplatz dauerte nur zehn Minuten. Kurz nach zehn, es war stockdunkel und die Bürgersteige hochgeklappt. Trier hatte Feierabend.

Wir öffneten fast zeitgleich unsere Türen. Sie war etwas schneller draußen. Ich musste Zündschlüssel ziehen und zog die Handbremse an. Kaum hatte ich den Wagen verlassen, hörte ich ein metallenes, klickendes Geräusch hinter meinem Rücken. Bevor ich mich umdrehte, sah ich kurz in Sonjas Gesicht. Entsetzt riss sie die Augen auf und schrie: »Pass auf! Hinter dir!«

Reflexartig machte ich eine Bewegung nach links, warf einen hastigen Blick über die rechte Schulter und sah den ausgestreckten Arm mit dem Balisong in der Hand auf mich zuschnellen. Der Hieb ging ins Leere, mit der linken Hand umklammerte ich das Handgelenk des Angreifers, um ihm kurz darauf den rechten Ellbogen ins Gesicht zu rammen. Obwohl er vor Schmerz aufstöhnte und ich immer noch seinen Arm festhielt, trat er mit seinem linken Bein wuchtig in meine Kniekehlen. Ich kippte nach hinten, ließ ihn dabei los, um meinen Sturz mit den Armen abzufangen. Wieder ließ er kurz das Schmetterlingsmesser durch die Finger tänzeln, bis er es stoßbereit in der Faust hielt und zum Sprung ansetzte. Ich rollte zur Seite, sprang auf und versetze ihm einen Seitwärtskick in die Leber. Nur einen Augenblick krümmte er sich. Ich trat ihm das Messer aus der Hand. Erst jetzt nahm ich sein Gesicht wahr. Höchstens Mitte zwanzig, glatt rasiert, eine modische Kurzhaarfrisur, schwarze Augen. Schmal, aber drahtig, ein Kopf kleiner als ich. Martial Arts erprobt, so wie er das Balisong beherrschte, seinen Angriff fuhr und fähig war, Schläge wegzustecken. Mit der heftigen Gegenwehr hatte er nicht gerechnet. Das Messer lag auf dem Boden, näher zu mir als zu ihm. Ich hatte die Fäuste geballt und wartete einen neuen Angriff ab. Aber er kam nicht. Er setzte einen Sprint an, lief über die zweispurige Südallee, Richtung Tankstelle auf der gegenüberliegenden Seite. Dort hatte er seinen Wagen geparkt. Die Marke konnte ich nicht erkennen, aber er sah schnittig aus, ein kleiner, rot funkelnder Sportwagen. Wie versteinert stand Sonja immer noch neben der Beifahrertür, ihr Handy in der Hand.

»Was ...«

»Ein kleiner Scheißer. Hier, nimm die Zimmerschlüssel und geh schon mal hoch. Lass niemand rein. Die Polizei brauchst du nicht zu rufen, den schnappe ich mir selbst.«

Er fuhr die Kaiserstraße Richtung Moselufer. Ich sprang in meinen Wagen und folgte ihm. Offenbar wollte er aus Trier raus. Am Verteilerkreis schien er zu bemerken, dass er verfolgt wurde und beschleunigte. Hundert waren erlaubt, er näherte sich dem Doppelten, als er kurz vor einer scharfen Rechtskurve auf der Höhe von Longuich in die Eisen stieg und die Auffahrt zur A1 nahm. Nun ging es bergauf, mein Mini konnte nicht mehr mithalten. Auf offener Autobahn hatte ich keine Chance, die Verfolgungsjagd zu gewinnen. Ich versuchte, das Nummerschild zu identifizieren, bevor er mich abhängte. Nur das große B konnte ich bei den Lichtverhältnissen einigermaßen gut erkennen. Erstaunlich viel Berliner an der Mosel unterwegs.

Kurz vor elf war ich zurück im Hotel. Sonja hatte sich gefangen, saß auf dem Bett und schaute fern.

»Alles in Ordnung?«, fragte ich.

»Ja. Und, hast du ihn bekommen?«

»Nein«, antworte ich. »vielleicht auch besser so. Wer weiß, was ich mit ihm angestellt hätte.«

»Bist du ein Bulle, ein Agent? So wie du mit der Situation umgegangen bist, reagiert kein … Versicherungsvertreter.«

»Ich bin Privatdetektiv, Sonja. Aber das hat nichts mit dir zu tun.«

Sie stand auf, kam auf mich zu und schaute mich eindringlich an.

»Das hat nichts mit mir zu tun?«, sagte sie leise. »Auch nicht dein erster Besuch im *Scheherazade*?«

Ich antwortete nicht.

»Dann bin ich ja beruhigt, Castor. Ich gehe ins Bad.«

Mein Handy klingelte.

»Castor, altes Haus, ich bin's, Jeff. Sorry, dass ich dich so spät störe. Du hast jetzt bestimmt Besseres zu tun, als mit mir zu quatschen. Aber was ich dir sagen will, wird dich mindestens genauso überraschen wie mich. Das verspreche ich dir!«

11. Kapitel

Wem war ich Rechenschaft schuldig? Niemandem. Mit wem musste ich die Tragweite meiner Entscheidungen abwägen? Mir fiel keiner ein. Verantwortung? Ja, gegenüber meiner Mitarbeiterin. Nathalie. Ohne Auftraggeber hielt ich mich in Trier auf, ließ mir die Herbstsonne auf den Pelz scheinen, wenn sie sich zeigte, schlemmte und genoss das Hotelleben. Geld kam nicht rein, und trotzdem hatte ich ein Ausgabeverhalten wie ein vermögender Bonvivant. Hesses Geld besänftigte mein Gewissen. Tausend Euro. Ein paar Tage noch. Nach dem Überfall am Vorabend erst recht. Kein Raubüberfall. Ein Mordversuch. Der Typ hatte es auf mich abgesehen. Kein heruntergekommener Straßendieb mit der Aussicht auf ein paar schnell verdiente Flocken, sondern ein kampferprobter Schläger, der nichts anderes als meinen Tod wollte. Der ganz bewusst in dieser am späten Abend menschenleeren Ecke Triers auf meine Rückkehr gewartet hatte, um mich abzustechen. Was wäre mit Sonja passiert? Ob nur ein Mord oder einer mehr, was konnte das einen Killer scheren. Hesse tot, ein Verkehrsunfall mit tödlichem Ausgang, ein Mordversuch. Ich war dicht dran, offenbar sehr dicht.

Vierkorn hatte mir ein elektronisches Vorabexemplar des Gutachtens per Email übermittelt. Sein Urteil fiel eindeutig aus: Das Haus in Wasserbillig war sein Geld wert, keine gravierenden Mängel, kaum Feuchtigkeit, nur altersbedingter Verschleiß, der einige wenige Renovierungsarbeiten erforderte.

Nathalie, die Verlässlichkeit in Person, hatte meine letzten drei Steuererklärungen und die Police meiner Lebensversicherung eingescannt und lapidar mit dem zynischen Kom-

mentar ... *aus dem Leben eines Privatdetektivs ... Gruß N.* über-
sandt. Taugenichts! Ach, immerhin einer, der sie seit Jahren
alimentierte. Sie war sauer auf mich. Meine Alleingänge
konnte sie akzeptieren, solange sie nicht ihr eigenes Leben
tangierten. Das sah nun anders aus. Niemand kannte mich
besser als sie. Ihr war klar, dass ich mir selbst einen Floh ins
Ohr gesetzt hatte, vielleicht ein letztes Mal einen Neuanfang
starten wollte, einen mit ungewissem Ausgang. Und ich
stand zu meinen Entscheidungen, wenn ich sie einmal getroffen hatte. Ich wollte dieses alte Fachwerkhaus in dem kleinen
Grenzort in Luxemburg, an heißen Sommertagen mit freiem
Oberkörper den Garten herrichten. Belgien und feinste Pralinen, ein Katzensprung, Paris, schlappe vier Stunden über die
herrlich freie A4 mit Stopp an der Raststätte bei Verdun, die
Arche mit dem Schnellrestaurant über der Autobahn. Mein
Entschluss war gefasst. Ich redete mir Berlin schlecht, das
auch nur in den wenigsten Bezirken Großstadtflair besaß
und ansonsten den kleinbürgerlichen Mief spießiger Schre-
bergärtner verströmte. *Back to the roots.* Als Exil-Frankfurter
zog es mich zurück in den Südwesten der Republik.

Keine Rechenschaft. Aber Zuneigung und ein Gefühl von
Verantwortung. Ich rief Nathalie an.

»Na, tobt der Bär?«

»Ach ... eigentlich eher nicht«, antwortete sie, und ich
glaubte, ein Stück Traurigkeit in ihrer Stimme auszumachen,
»der Bär scheint zu merken, dass der Winter vor der Tür steht
und igelt sich ein.«

Ein Bär, der sich einigelt. Ich mochte das Bild.

»Wann kommen Sie zurück?«

»Ich brauche noch ein paar Tage, Nathalie. Und außerdem
... Ich habe die feste Absicht, unser Büro zu verlagern.« Ich
wartete auf eine Reaktion. Als sie nicht kam, setzte ich fort,

darauf achtend, sie in die Planungen einzubeziehen. »Ich denke, hier im Grenzgebiet gibt es einen hervorragenden Markt für professionelle Privatdetektive. Wir sind schon zu lange in Berlin, und man kennt mich allmählich im Milieu. Ein Neustart würde uns gut tun.«

»Uns?«

»Natürlich uns. Sie sind ein Teil der Detektei, Nathalie. Ich möchte, dass Sie mitkommen.« Ich beschrieb ihr das Haus, die Lage, legte dar, wie ich mir die Detektei im Erdgeschoss vorstellte und schlug vor, dass sie doch wenigstens vorübergehend ein Zimmer im Obergeschoss bewohnen konnte.

»Freie Kost und Logis für das Dienstmädchen, oder?«

»Unsinn, Nathalie. Das Gehalt bleibt unverändert. Ich will nur, dass Sie sich genügend Zeit nehmen können. Überlegen Sie es sich.«

»Ja … natürlich … Das werde ich. Passen Sie auf sich auf.«

»Was soll mir schon an der Mosel passieren?«

* * *

Mein Bankberater des Vertrauens konnte gar nicht anders. Meine Bonität belegten die Dokumente, die ich ihm über den Tisch schob.

»Hm … gut … tja«, brummelte er vor sich hin, während er meine Steuerbescheide begutachtete. »Sie scheinen ja ganz gut im Geschäft zu sein, Herr Dennings … anständiger Umsatz. Und eine Mitarbeiterin können Sie sich auch leisten … hm … Die Lebensversicherung ist ordentlich angespart. Ihr Konto?«

»Mag Wellenbewegungen«, antwortete ich vorschnell und ärgerte mich über meine Flapsigkeit, als er die Augenbrauen hochzog. »Na ja, Sie wissen doch besser als ich, dass Selbstständige vorübergehend auch mal in den Dispo rutschen«, besänftigte ich ihn.

Er nickte langsam. »Na gut, ich nehme das mit der Kreditabteilung auf. Vielleicht lassen wir noch einen eigenen Gutachter Ihr Objekt anschauen. Vielleicht auch nicht. Herr Vierkorn ist uns bestens bekannt, und er genießt einen hervorragenden Ruf. Also, Herr Dennings, geben Sie mir noch zwei Tage, dann dürfte ich Ihnen den Darlehensvertrag vorlegen können.«

Dennings, ein Häuslebesizter? Zwei Tage blieben mir, das Vorhaben womöglich noch einmal zu verwerfen. Der Makler musste sich noch gedulden. Wie die süßen Kirschen in Nachbars Garten hing seine Provision zwar in greifbarer Nähe, konnte allerdings noch nicht ins Trockene gebracht werden. Zwei Tage, die ich gut nutzen wollte, ab sofort in Begleitung meiner Sig Sauer. Nach der Messerattacke konnte ich den Einsatz von Schusswaffen nicht mehr kategorisch ausschließen.

Ich verließ die Bank und hielt vor dem Schweinehirten inne. Ja, mit nacktem Oberkörper den Garten beackern, Tomaten anpflanzen, ein paar Himbeersträucher. Vielleicht ein Haustier? Eine Katze? Sie würde sich frei bewegen können, auf nächtliche Streifzüge gehen, unwillkommene Mitbewohner vertreiben, gelegentlich Streicheleinheiten erbitten, um Herrchen dann im nächsten Augenblick wiederum nonchalant die kalte Schulter zu zeigen. Anders als Hunde verlangten Katzen relativ wenig Aufmerksamkeit, konnten sich rund um die Uhr selbst beschäftigen, und wenn die Beschäftigung aus Schlafen bestand. Ich sah mich schon in meinem Gärtchen, laut Pussy rufend, irritierte Nachbarn hinter ihren Gardinen nach diesem perversen Sonderling aus der Großstadt lugend. Ich würde sie freundlich aufklären, dass Pussy nicht auf die weibliche Anatomie zurückzuführen sei, sondern ausschließlich auf Tom Jones' *Pussycat*. Ganz ehrlich. Ohne Hintergedanken. Der junge Schweinehirt. Eines Tages wollte ich seiner Geschichte auf den Grund gehen. Wer hatte diese Statue bloß entworfen? Sie gefertigt? Sie ausgewählt? Wer hatte Modell gestanden?

Rauchend schlenderte ich Richtung Porta Nigra, als plötzlich ein blauer BMW neben mir hielt.

»Herr Dennings!«, rief eine mir bekannte Stimme. Kommissar Roller saß auf dem Beifahrersitz und hatte das Fenster heruntergelassen. »Das nenne ich eine Überraschung. Immer noch oder wieder hier?«

»Wieder«, antwortete ich. »Berlin wird mir zu klein. Ich glaube, ich habe eine neue Heimat gefunden.«

»Aha? Wollen Sie sich zur Ruhe setzen oder Ihr … Geschäft an die Mosel verlagern?«

»Wohl Letzteres. Ich habe noch nicht ausgesorgt.«

»Tja … das trifft sich ja ganz gut«, sagte er kryptisch.

»Wie meinen Sie das?«

»Unter Beamten würde man sagen, dass eine Planstelle frei geworden ist. Ihr Freund Hesse ist tot.«

»Ach was?«

»Ja. Wir sind heute Morgen von Nachbarn zu seiner Wohnung gerufen worden, wegen des Gestanks, der sich im Hausflur breitgemacht hatte. Und siehe da, der arme Kerl hat sich erhängt. Fürchterlich. Der Anblick war wirklich nicht schön.«

»Uuh … ich beneide Sie nicht um Ihren Job. Selbstmord?«

»Scheint so. Der Gerichtsmediziner schaut ihn sich noch genauer an. Sein Job ist noch beschissener als meiner, oder? Aber wir haben nichts gesehen, was auf ein Gewaltverbrechen schließen lässt.«

Ich schnippte meine Kippe über die Bordsteinkante und schüttelte den Kopf. »Traurig, traurig.«

»In der Tat, Herr Dennings.« Roller machte eine Pause und musterte mich. »Sprachlos?«

Ich spürte, dass ich ins Leere schaute.

»Es ist ja ein laufendes Ermittlungsverfahren, weswegen ich eigentlich nicht weiter mit Ihnen sprechen sollte. Unser Doc will die Akte noch nicht schließen.«

Ich wurde hellhörig. Also hatte man Hesse endlich gefunden. Ob die Spuren an seinen Handgelenken noch sichtbar waren? Ich bezweifelte es. Ich hatte ihn wesentlich früher aufgefunden, und die Spuren waren kaum sichtbar gewesen. Wären die Handgelenke fest mit einem Seil oder Klebeband zusammengebunden worden, hätte es nicht den geringsten Zweifel an einem fingierten Selbstmord gegeben. Aber hier? Vermutlich ein Seidenschal, gerade fest genug gezogen, dass ein in Panik geratenes Opfer jegliche verbliebene Kraft in den Kampf gegen eine immer enger werdende Schlinge steckte.

»Unser Mediziner übersieht nichts, Dennings. Es ist vage, aber er hat kaum wahrnehmbare Druckstellen an Hesses Handgelenken ausgemacht. Solche, die auch bei Tragen einer Armbanduhr entstehen könnten und sich beim Ablegen recht schnell zurückbilden.«

»Aha? Und?«

»Man trägt nur eine Uhr. An einem Handgelenk. Bei ihm müssten es dann zwei gewesen sein.«

»Ein Schmuckstück vielleicht, Roller. Immer mehr Männer tragen Armbänder oder Freundschaftsbänder.«

»Hesse und Freundschaftsbänder? Scherzkeks! Okay, Dennings, ich muss weiter. Das Verbrechen hat Schichtdienst. Und wenn Ihnen irgendetwas auf dem Herzen liegt, melden Sie sich. Jederzeit!«

Arme Socke. Hesse hatte sich klassisch verzockt, zu hoch gepokert. Knodes Unfall war der Casus knacktus. Aus ihm wollte Hesse Profit ziehen, dessen war ich mir sicher. Doch er zog ausschließlich den Kürzeren. Dumm gelaufen.

Ein unangenehmer Wind zog auf, Vorbote eines Herbstgewitters. Ich lief zu meinem Wagen, schob *Thoroughfare Gap* von Stephen Stills ins CD-Fach, zündete eine weitere Zigarette an und dachte nach. Hatte sich Vierkorn in seinem Kurzgutachten zu den Fenstern meines Häuschens geäußert? Hatte es Doppelt- oder Dreifachverglasung? Egal, es konnte jedenfalls nicht schaden, einen Spezialisten nach Modernisierungsmöglichkeiten zu befragen. Wer war da besser geeignet als *OmniFen*.

Zwanzig Minuten dauerte die Fahrt nach Sirzenich. Wenig Verkehr auf dem Weg dorthin. Zu wenig, gerade einmal sechs Lieder waren gespielt, und ich hatte die Angewohnheit, eine Scheibe aufmerksam vom ersten bis zum letzten Song zu hören. Wenn die Kürze der Strecke dies nicht zuließ, hörte ich die CD auf dem Rückweg erneut von Beginn an. Nicht selten fuhr ich hin und wieder einen Umweg, um das Werk vollständig genießen zu können. Musikern, jedenfalls denen, die ihr Handwerk beherrschten und sich über Jahre oder Jahrzehnte im Business behaupten konnten, unterstellte ich ein Konzept bei der Zusammenstellung ihrer Alben. Ein Konzept, das der Zuhörer fühlen musste, um das Werk als Ganzes überhaupt erst verstehen zu können. Ein Grund, warum ich die Random-Funktion bei CD-Spielern nicht nachvollziehen konnte. Eine Funktion für Banausen. Wie konnte man nur Vivaldis Jahreszeiten durcheinanderbringen, Bob Dylans *Idiot Wind* vor *Maggie's Farm* hören?

Am Firmengelände angekommen suchte ich nach einem Hinweisschild. Logischerweise befand es sich am Haupteingang, modern gestaltet, aus Plexiglas, blaue Pfeile wiesen dem Besucher die Richtung. *Verwaltung → Hauptgebäude, Produktion → Hallen A - C, Showroom → Nebengebäude (Birkenweg 16)* und so weiter. Für Begriffsstutzige erläuterte ein Grundriss die einzelnen Standorte. Also, einmal rum ums Gebäude, Dennings.

Als junger Mann vermutete ich, es sei eine Altersfrage, bis ich – wie die meisten meiner Artgenossen – dem Charme von Baumärkten verfallen würde. Nur wenige Jahre vom gesetzlichen Rentenalter entfernt hatte ich es immer noch nicht erreicht, und auch dieser Showroom, obwohl glänzend, sauber, steril, mit Hochglanzprospekten auf schicken Beistelltischchen, konnte meine Gleichgültigkeit gegenüber handwerklichen Produkten nicht in Euphorie umwandeln. Keine gute Voraussetzung für einen künftigen Hausbesitzer.

Ich schaute mich um. An fest montierten Metallrahmen befanden sich unterschiedlichste Fenstertypen, Rahmen aus Holz, Aluminium und Holz, Kunststoff, Doppel- oder Dreifachverglasung, mit oder ohne Sprossen. Unter den Fenstern ein Querschnitt des Glases auf einem Winkel sowie ein Datenblatt, das Auskunft gab über einen ug-Wert zu Wärme-, Sonnen- und Schallschutz, Sicherheit, Profilen und weiteren Details, die jeden Normalsterblichen überforderten. Die wenigen anderen Besucher, die sich hier aufhielten, schienen vom Fach zu sein. Jedenfalls trugen einige Blaumänner und begutachteten die Ausstellungsstücke mit wissenden Blicken. Eine junge, freundliche Dame kam auf mich zu. Ich hatte sie schon einmal gesehen. Ihr Namensschildchen gab mir recht: *Fr. Lunkenheimer.*

»Kann ich Ihnen helfen?«

»Ich suche nach Fenstern.«

Sie lachte: »Da sind Sie hier wahrscheinlich richtig! Sind Sie vom Fach? Geht es um ein größeres Projekt?«

»Na ja«, antwortete ich, »für mich ist das schon ein größeres Projekt. Ich bin dabei, mir ein kleines Fachwerkhaus in der Gegend zu kaufen, und die Fenster müssten wohl ausgetauscht werden.«

Meine Naivität schien sie zu rühren. »Wie soll ich sagen, Herr ...«

»Dennings.«

»Also, Herr Dennings, *OmniFen* beliefert hauptsächlich Fachfirmen, die wiederum den einfachen Bauherrn bedienen. Die Montage bei kleineren Projekten lohnt sich für uns nicht. Nur bei Großprojekten liefern wir alles aus einer Hand. Manchmal machen wir schon Ausnahmen, aber wie gesagt, eigentlich ...«

»Ah, ich verstehe. Das ist aber schade. Das nächste Mal baue ich einen Bahnhof«, witzelte ich.

»Ja, das ist doch eine feine Idee, Herr Dennings!« Sie ließ sich auf meinen Scherz ein. »Wir haben einige Glasfassaden in Berlin gemacht. Seit Jahren sind Glasfassaden europaweit in Mode. Weltweit. Sie stehen für Transparenz, bringen natürliche Belichtung und erfüllen die Forderung nach repräsentativer Gestaltung.«

»Rosige Zeiten für Sie, oder?«

Sie lächelte vielsagend. »Jedenfalls gab es schon schlechtere.«

Ich war im Begriff, mich zu verabschieden, als plötzlich die Tür zum Showroom aufgerissen wurde und zwei Gestalten mit forschen Schritten auf uns zukamen.

»Wo ist Staudt?«, brüllte der Kleinere in unsere Richtung. Ich schätzte ihn auf sechzig, Mönchstonsur, anständig gekleidet, Typ wohlgenährter Geschäftsmann. Er hatte einen holländischen Akzent. Obwohl mindestens einen Kopf größer, schien sein Kompagnon Schwierigkeiten zu haben, ihm zu folgen. Einiges jünger, dem Gesicht nach konnte er der Sohn sein. »Wo ist Ihr Chef? Wo ist Staudt?«, wiederholte er in gleicher Laut-

135

stärke, als er bereits bei uns angekommen war. Er nahm keine Notiz von mir und brüllte weiter. »Ich will ihn sofort sprechen! Sofort!«

Frau Lunkenheimer wich einen Schritt zurück und befand sich auf meiner Höhe. »Er ... er ... ist nicht da«, stammelte sie verängstigt.

Immer noch ignorierte mich der Vogel. Ein Fehler.

»Entschuldigen Sie«, warf ich ein, »aber die Dame unterhält sich mit mir.«

Er schaute mich nur kurz von unten bis oben an und packte die Angestellte am Arm.

»Und wo ist er, häh? In Ramstein?«

»Au, Sie tun mir weh!«

Nun reichte es mir. Ich stieß ihn mit Wucht nach hinten, sodass er unsanft auf seinem Steiß landete.

»Papa?«, sagte der andere verdattert, unentschlossen, ob er seinem Vater aufhelfen oder sich auf mich stürzen sollte. Ich nahm ihm die Entscheidung ab und trat ihm die Füße weg. Ein schönes Bild, wie Vater und Sohn einträchtig nebeneinander auf dem Boden saßen. Sehr entscheidungsfreudig war der Spross nicht. Er richtete sich behäbig auf, was ich sofort unterband. Ich packte seinen rechten Arm, drehte ihn nach hinten und drückte mein Knie in seinen Rücken.

»Schon gut, schon gut, hören Sie auf, lassen Sie Franky los, wir gehen, bitte, lassen Sie ihn los!«

Ich ließ von Franky ab und ging einen Schritt nach hinten. Mit schmerzverzerrtem Gesicht rieb er sich die Schulter, während ihm sein Vater pumpend hochhalf.

»Er war so schnell, Papa ...«

»Schon gut, mein Junge, lass uns gehen.« Er drehte sich noch einmal um. »Sagen Sie Ihrem Chef, dass er mich anrufen soll. Bitte.«

Wie die anderen Anwesenden hatte Frau Lunkenheimer das Handgemenge ungläubig verfolgt. Sie war kreidebleich.

»Ich ... ähm ... vielen Dank ...«

»Keine Ursache, Frau Lunkenheimer. Wenn sich jemand an Frauen vergreift, sehe ich rot. Ist angeboren.«

»Darf ich Sie auf einen Kaffee einladen? Bei mir im Büro?«

Wir verließen den Showroom durch eine Nebentür. Sie schleuste mich durch mehrere Flure bis zu einem Aufzug, der uns in das dritte Stockwerk des Verwaltungsbereichs brachte. Ihr Büro befand sich sozusagen in der Chefetage, zwei Zimmer weiter als das des Firmeninhabers Staudt. Sie ließ sich in ihren Bürostuhl fallen, öffnete eine Flasche Wasser, trank einen Schluck und lehnte sich zurück.

»Entschuldigen Sie, ich bin unhöflich. Auf dem Regal stehen frisch gebrühter Kaffee und ein paar Tassen. Bitte bedienen Sie sich, Herr Dennings.« Sie öffnete die zwei obersten Knöpfe ihrer Bluse, um besser atmen zu können.

Solange sie in dieser Position verharrte, war der Anblick unverfänglich. Ich hoffte, sie würde sich nicht nach vorne beugen. Mein Blick würde unweigerlich in ihren Ausschnitt wandern.

»Ich bin wirklich zu zartbesaitet«, erklärte sie. »Jede Form von Gewalt bringt mich zum Hyperventilieren. Selbst bei *Derrick* bekomme ich Herzrasen.«

»Oh! Das heißt schon was! Sagen Sie mal, Frau Lunkenheimer. Sie kennen die beiden Herren, die eben diesen Aufstand verursacht haben, richtig?«

»Ja. Robert und Franky Vanden Broucke aus Antwerpen. In Belgien gehören sie zu den größten Glasfabrikanten. *Glazenmakers Vanden Broucke* heißt das Unternehmen. Wir sind Konkurrenten, haben aber auch schon zusammengearbeitet bei Großprojekten in Berlin, Brüssel und Toronto.«

137

»Toronto? In Kanada?«

»Dort wird so viel gebaut, Herr Dennings, es ist unglaublich. In der Bay Area schießen moderne Hochhäuser wie Pilze aus dem Boden. Fast alles im Skelettbau mit Glasfassaden. Und Brüssel? Schauen Sie sich nur das Berlaymont-Gebäude an oder das Europäische Parlament.«

»Aber dieses Mal arbeiten Sie nicht zusammen, oder?«

»Nein, wie gesagt, wir sind auch Konkurrenten. Dieses Mal haben wir die Ausschreibung gewonnen.«

»In Ramstein?«, hakte ich nach.

»In Ramstein«, bestätigte sie. »Ein Riesenvorhaben, ein neues, hypermodernes Militärkrankenhaus der US-amerikanischen Streitkräfte.« Sie lehnte sich nach vorne, um die Wasserflasche auf ihren Schreibtisch zu stellen.

Wie sollte es anders sein, ein kurzer Einblick in ihr Dekolleté wurde mir gewährt, und er war verheißungsvoll.

»Entschuldigen Sie bitte, Herr Dennings, ich müsste mich mal eben frisch machen, mein Kreislauf. Trinken Sie Ihren Kaffee in Ruhe aus, ich bin in wenigen Minuten zurück.«

»Natürlich, ich kann auch gehen.«

Sie schüttelte den Kopf.

»Ach, sagen Sie, dürfte ich eben kurz Ihren Computer benutzen? Ich müsste meine Mails checken. Wegen des Hauses, das ich kaufen möchte, Bankberater und so, verstehen Sie.«

»Gerne. Er ist an. Checken Sie in Ruhe Ihre Nachrichten, ich bin gleich wieder da«, antwortete sie und verließ den Raum.

Sehr vertrauensselig, die Lady. Stand sie unter Schock? Hatte sie nichts zu verbergen oder wirkte ich derart Vertrauen erweckend? In jedem Fall hatte ich mich im Showroom als edler Ritter erwiesen. Grund genug, mir einen Gefallen zu gewähren. Ich öffnete meine Mails. Ein paar neue Nachrichten von Nathalie, Jeff, Anfragen, Werbung. Interessierte mich

138

vorläufig nicht. Eilig machte ich mich am Dokumentenordner auf dem Desktop zu schaffen. Die zarte Frau Lunkenheimer erwies sich als Ordnung in Person. Fein säuberlich hatte sie Unterordner mit Namen und Jahreszahlen angelegt, die offenkundig die Projekte bezeichneten, an denen *OmniFen* beteiligt war. *Ramstein 2014*, Bingo! Vier Dateien. Zwei Word-Dokumente, zwei Excel-Dateien. Der erste Text war ein kurzes Anschreiben an die Aufsichts- und Dienstleistungsdirektion. Ich schaute mir die Eigenschaften des Dokuments an. Gefertigt und zuletzt geändert am 31. August. Der zweite Text war umfangreich. Eine 42-seitige Beschreibung der zu erbringenden Leistungen mit Unmengen Zahlenmaterial. Erstellt am 20. August, zuletzt geändert am 25. September.

Die Bürotür öffnete sich.

»Hach, jetzt geht es mir besser. Etwas kaltes Wasser ins Gesicht, ein bisschen Parfum. Ich bin fürchterlich schreckhaft. Ich schäme mich, Herr Dennings. Sind Sie mit Ihren Mails durch?«

»Ja, tausend Dank, Frau Lunkenheimer, das hat mir sehr geholfen.«

»Claudia.«

»Wie bitte?«

»Mein Vorname, es wäre mir lieber, wenn Sie mich mit Claudia ansprechen. Lunkenheimer klingt … irgendwie so altmodisch.«

»Also dann, vielen Dank, Claudia!« Ich warf einen schnellen Blick auf ihre Hände. Kein Ehe- oder Verlobungsring. »Sagen Sie, Claudia, die Sache mit den Vanden Brouckes ist mir irgendwie unangenehm. Ich möchte mich bei ihnen entschuldigen. Haben Sie zufällig eine Telefonnummer?«

Sie hatte mehrere. Festnetz und Mobil, sowohl die von Vanden Broucke als auch ihre eigene, die ich sorgfältig notierte. Wir verabschiedeten uns mit dem Versprechen auf ein Wiedersehen. Dann marschierte ich zurück zu meinem Wagen und wählte Vanden Brouckes Nummer.

»Hallo?« Die Stimme verriet, dass er noch unter dem Eindruck unserer Auseinandersetzung stand.

»Dennings hier, hallo Herr Vanden Broucke. Ich denke, Sie könnten einen Privatdetektiv gebrauchen.«

»Was? Wer sind Sie?«

»Ich habe Sie und Ihren Sohn eben im Showroom von Staudt kennengelernt.«

»Sie! Das ist unverfroren!«

»Nein, ist es nicht. Das ist wohlwollend. Ein gutes Geschäft, für uns beide. Stichwort Ramstein.«

»Worauf wollen Sie hinaus, Herr Dennings?«

»Es ist relativ einfach, wenn man eins und eins zusammenzählt. Sie fühlen sich von einem Geschäftspartner betrogen, in einer Angelegenheit, die Ihnen beiden ein erkleckliches Sümmchen beschert hätte. Nun steckt Ihr Geschäftspartner die Milliönchen allein ein. Ich denke, ich habe Informationen, die Ihnen Gewissheit verschaffen könnten, dass Sie hintergangen worden sind.«

Vanden Broucke überlegte. Nach einigen Sekunden antwortete er zerknirscht: »Ich habe schon gezahlt, und es hat nichts gebracht.«

»Wen haben Sie bezahlt?«

»Das ist egal.«

»Stimmt«, bestätigte ich, »solange Sie meinen Satz akzeptieren.«

»Wie viel?«

»Vierhundert pro Tag plus Spesen. Zweitausend Anzahlung. Vor Zahlungseingang rühre ich keinen Finger.«

»Okay, geben Sie mir Ihre Bankverbindung, Dennings.«

140

Vanden Broucke notierte eifrig.

»Wie geht es weiter, Dennings?«

»Ich melde mich. Richten Sie bitte Ihrem Sohn schöne Grüße aus. Das war nicht persönlich. Ach so, noch eins. Spielen Sie gerne? Um Geld?«

»Manchmal … ja«, antwortete er genervt.

»Ein kurzes Ratespiel. Einsatz tausend Euro, und wir sind beide ehrlich. Das versteht sich von selbst, oder?«

»Ich bin ein Ehrenmann, Dennings, was halten Sie von mir?«

»Das Beste. *D'accord*. Ich rate, wen Sie bezahlt haben. Ich habe nur eine Wahl. Wenn es stimmt, bekomme ich das Geld, wenn ich falsch liege, überweisen Sie nur einen Tausender. Okay?«

Er war einverstanden.

»Los, Dennings, zeigen Sie, wie gut Sie sind!«

»Knode.«

12. Kapitel

Die Dinge spitzten sich zu. An jeder Front. Immerhin hatte ich einen neuen, zahlungskräftigen Auftraggeber, nach eigener Darstellung ein belgischer Ehrenmann. Nein, wenn schon dann ein flämischer. Als Land ein künstliches Produkt, zwar mit einem König aller Belgier ausgestattet, aber heillos zerstritten in einem absurden Konflikt zwischen Wallonen und Flamen, nahezu unfähig, eine Regierung zu bilden. Und ausgerechnet dort, im Herzen des Chauvinismus, die Schaltzentrale eines vereinigten Europa. Prost Mahlzeit. In einem wenigstens waren sich Flamen und ihre französischsprachigen Brüder und Schwestern gleich. Ihre Aversion gegen die Staatsmacht – und damit gegen Steuern. *Bricoleurs*, Bastler, die es verstanden, ihre Schäfchen ins Trockene zu holen.

Für mich bestand kein Zweifel, dass Vanden Brouckes Schäfchen ungestört auf einer saftigen Wiese weideten. Mich konnte er aus der Portokasse zahlen. Selbst der verlorene Einsatz bei unserem kleinen Ratespiel hatte ihm keinen Fluch entlocken können. Stattdessen ein anerkennendes Brummen und eine Blitzüberweisung auf mein Konto. Wer auch immer das Firmament bewohnte. Er meinte es gut mir. Meine Barkasse schmolz, meine von Hesse geerbte Reserve nahm aufgrund des Hotelaufenthalts und der Restaurantbesuche die Gestalt eines ausdünstenden Wasserreservoirs an. Himmlische Mächte hatten mir Vanden Broucke geschickt. Da mir der Absender unbekannt war, gelobte ich, eine Kerze anzuzünden, wenn ich das nächste Mal an einem Gotteshaus vorbeikäme. Die Chance war in Trier recht hoch. Knode. Der aufstrebende, junge Beamte, der so tragisch bei einem Verkehrsunfall ums Leben gekommen war. Er war Hesses Auftraggeber gewesen. Die Nummer, die ich unter Knode im örtlichen Telefonbuch gefunden hatte, fand sich dick unterstrichen in Hesses Notizen. Zwar ohne Namen, aber nicht umsonst derart herausgehoben. Und Knode stand bei Vanden Broucke auf der Payroll. Das erklärte das Bargeld, das Hesse mir anbieten konnte, und die Ahnungslosigkeit von Knodes Frau.

Ich lag auf dem Bett und qualmte, das Fernsehen lief. Irgendwann würde ich mir abgewöhnen, die Glotze laufen zu lassen, wenn ich die vorhandenen Puzzleteilchen ihren angedachten Plätzen zuführte. Absolute Stille vertrug ich nur selten, versaut durch jahrzehntelanges Leben in der Stadt. Musik erforderte meine Aufmerksamkeit. Also lieber belanglose Bilder sinnfreier Fernsehunterhaltung.

Ich wollte Sonja sehen. Seit dem Überfall der Bruce-Lee-Billigausgabe hatte ich sie nicht mehr gesprochen, geschweige denn gesehen. Hoffentlich war es nur meine Spätherbstlibido und nicht aufkeimende Liebe, die mich dazu bewegte, ihre Nummer zu wählen. Sie hob nicht ab. Nur der automatische Anrufbeantworter. Es war erst Nachmittag, aber vielleicht hatte sie Tagdienst. Ich versuchte es im *Scheherazade*. Eine verlebte Frauenstimme, gestählt von Alkohol und Zigarettenkonsum, wies mich schroff ab. Sonja sei nicht da, überhaupt stünden die Hostessen für Privatgespräche während der Arbeitszeit nicht zur Verfügung. Ich könne aber gerne vorbeischauen, schließlich sei sie nicht die einzige Kollegin, die Männern weiterhelfen könne. Was ich dann auch tat. Auf einen Aperitif, sagte ich mir. Die Sonne war zwar noch lange nicht im Begriff unterzugehen, doch bei aller Wertschätzung für das Inselvolk auf der anderen Seite des Ärmelkanals scherte ich mich nicht um Konventionen beim Alkoholkonsum.

Ein Bordell am helllichten Tag aufzusuchen, hatte etwas Sportliches. Wissende Blicke der Einheimischen begleiteten den geplagten Besucher, und wenn man nicht einmal einen Regenmantel trug, dessen breiten Kragen man nach oben stülpen konnte, um wenigstens einen Teil des Gesichts zu verbergen, entpuppte sich der Weg zum Haus der Freuden zu einem psychischen Spießrutenlauf. Für jeden Normalsterblichen. Nicht für mich, noch unbekannt in der Region, und sowieso eigentlich im Dienst. Ich musste nicht eilig vom Auto zum Eingang hüpfen. Ich ließ mir Zeit, den Wagen abzuschließen, mein Sakko zu richten, die verrutschte Hose hochzuziehen. Jedem Passanten schenkte ich ein freundliches Lächeln.

Ich stolzierte ins *Scheherazade* und setzte mich an die Theke. Es dauerte ein wenig, bis ich mich an das dunkle, rötlich gehaltene Licht gewöhnte. Auf den Sesseln im Gastraum tummelten sich drei gelangweilte Mädchen und nippten an ihrer Cola. An der Bar saßen zwei weitere. Wie es aussah noch keine Kundschaft, vielleicht einer im Vollzug in der oberen Etage.

»Was darf es sein?«, fragte die Matrone hinter dem Tresen. Unverkennbar die Stimme, deren Bekanntschaft ich vorhin in der Leitung gemacht hatte.

»Was Leichtes.«

»Da bist du hier genau richtig, hahaha.«

»Ein Glas Weißwein, einen trockenen. Vielleicht den Silvaner.«

»Kommt sofort.«

Während sie sich am Kühlschrank zu schaffen machte, schob sich eines der Mädchen von der Bar zu mir heran.

»Na? Gibst du mir einen aus?«

Ich nickte.

»Martina, machste mir 'n Cola-Asbach?«

Sie war nett anzusehen, aber die Spuren ihres Jobs schienen sich in ihrem Gesicht abzuzeichnen. Obwohl sie reizend geschminkt war, wirkten ihre rehbraunen Augen matt. Sie strich mir über den Oberschenkel, lustlos, kaum in der Lage, Freude beim ersten Körperkontakt vorzutäuschen. Wir stießen an. Ihr Glas war nach zwei Schluck leer.

»Ich bin die Vanessa. Gehst du mit mir nach oben? Hm?«

Ich schaute auf die Uhr.

»Ich habe wenig Zeit.«

»Wir haben auch was für die schnelle Truppe«, säuselte sie mir ins Ohr. »Für 'nen Fuffi.«

Ich nickte, und wir gingen nach oben. Nicht das Zimmer, das ich mit Sonja aufgesucht hatte, ein anderes, von der Ausstattung zum Verwechseln ähnlich. Um uns beiden jede Peinlichkeit zu ersparen, zückte ich meine Brieftasche und legte einen Fünfziger auf den Tisch. »Das wäre dann wohl der Preis für die schnelle Truppe«, sagte ich und nahm einen weiteren Fünfziger aus dem Geldbeutel. »Und der ist für dich, Vanessa. Für eine kleine Auskunft, die keinem wehtut.«

Sie schaute mich verunsichert an.

»Ich war schon mal hier, bei Sonja. Wir beide haben seitdem ... na ja ... ein freundschaftliches Verhältnis. Ich habe ihre Handynummer, kann sie aber nicht erreichen. Kannst du mir sagen, wie ich sie vielleicht anders erreichen kann?«

Ein mildes Lächeln huschte über ihr Gesicht, ein unschuldiges Lächeln, das nicht zur Umgebung passte.

»Sie hat mir von einem netten älteren Mann erzählt, mit dem sie sich privat getroffen hat. Das bist dann wohl du?« Sie steckte den Extrafünfziger in ihren Büstenhalter.

»Wenn es nicht noch einen anderen älteren Mann gibt, ja.«

Vanessa setzte sich aufs Bett, seufzte und ließ sich zusammensacken, gar nicht ladylike, wie sie einen Buckel

145

machte und der Bauchspeck eine Falte warf. Alles eine Frage der Haltung. Das kannte ich.

»Sie hat immer Glück, die Sonja! Lernt immer die besten Typen kennen. Und hört trotzdem nicht auf.« Sie machte einen Schmollmund. »Na ja, sie verdient von uns allen ja auch am meisten«, fügte sie hinzu.

»Sorry, Vanessa. Meine Frage!«

»Oh ja! Aber das bleibt unter uns, okay? Ich darf nichts ausplaudern, was geschäftsschädigend sein könnte.«

»Pfadfinderehrenwort!«

»Gestern Abend gab es hier eine Schlägerei. Sonja hat eins abbekommen, ein Schlag aufs Auge, oder die Schläfe. Ich habe das nicht so genau gesehen. Jedenfalls wurde sie ohnmächtig und später ins Krankenhaus gebracht.«

»Eine Schlägerei?«

»Ein Typ stürmte hier rein, sah Sonja, rannte auf sie zu und brüllte nur: ›Du hältst die Fresse, Schlampe.‹ Dann schlug er ihr ins Gesicht. Gut, dass Miodrag, unsere Security, gleich da war. Er ist mindestens einen Kopf größer und breiter als der Typ, der hier reinkam, aber ich weiß nicht, ob er ihn allein überwältigt hätte. Während die beiden sich prügelten, rief Martina die Polizei. Ich hatte richtig Angst! Es gibt immer wieder Arschlöcher, aber mit denen wird Mio leicht fertig. Der hier war ein Profi. So'n Karatetyp, weißt du.«

Der Kerl mit dem Balisong! Meine Unruhe war also nicht unbegründet gewesen. »Danke, Vanessa. Weißt du, in welches Krankenhaus Sonja gebracht wurde?«

»Zu den Brüdern, glaube ich. Die hatten Notaufnahme.«

»Und der Typ?«

»Der wurde der Trierer Kripo überstellt.«

Ich war schon an der Tür, als mir siedend heiß einfiel, dass ich etwas ganz Entscheidendes nicht wusste.

»Sag mal, Vanessa, wie ist eigentlich Sonjas Nachname?«

»Das weißt du nicht?«

»Nein.« Ich senkte nachdenklich den Kopf. »Den brauchten wir nicht.«

* * *

Das zweite Mal, dass ich ein Krankenhaus in Trier kennenlernen durfte, dieses Mal nicht als Patient, sondern als besorgter Besucher. Das Krankenhaus der Barmherzigen Brüder, für jeden Einheimischen kurz Brüderkrankenhaus, lag zentral in der Nordallee, wenige Gehminuten von der Porta Nigra und der Fußgängerzone entfernt. Ein notfallmedizinisches Zentrum mit einer Vielzahl von Fachabteilungen, die ich alle möglichst lange meiden wollte. Ich selbst hatte bei meinem letzten Aufenthalt Bekanntschaft mit dem Elisabethkrankenhaus in der Theobaldstraße gemacht. Elisabeth musste die kleine Schwester der Barmherzigen Brüder sein, deren Barmherzigkeit die Existenz des kleineren Hauses seit Jahren duldete.

Sonja Remmels? Frauen-Chirurgie. Zweiter Stock, Zimmer 214.

Domus Culinae. Wie sollte es anders in der ältesten Stadt Deutschlands sein. Selbst im Krankenhaus besann man sich seiner römischen Geschichte und verlieh dem Krankenhausrestaurant diesen wohlklingenden Namen. Am Kiosk des Hauses der Beköstigung kaufte ich ein paar Pralinen. Kein Krankenbesuch mit leeren Händen!

»Castor!« Sonja staunte nicht schlecht, als ich ihr Zimmer betrat. »Ich muss fürchterlich aussehen!«

Ihre einzige Sorge schien zu sein, dass sie nicht gefallen könnte. Sie lag gelangweilt im Bett und hatte die Fernbedienung für das an der Wand befestigte Fernsehgerät in der Hand. Nein, sie sah nicht fürchterlich aus, nur ungeschminkt und ein blaues Veilchen am rechten Auge. Ich ging auf sie zu und gab ihr einen Kuss auf die Wange. Die Pralinen legte ich auf den Nachttisch.

»Tja, Frau Remmels, ist das das viel beschworene Permanent Make-up?«

Sie lachte. »Ich hoffe nicht«, antwortete sie, »die Konturen sind etwas schwammig. Findest du nicht?« Sie richtete sich auf. »Eine Prellung, eine leichte Gehirnerschütterung, mehr nicht. Es hätte schlimmer kommen können. Wie hast du mich gefunden?«

Ich berichtete von meinem Besuch im *Scheherazade*.

»Vanessa ist nett, wir verstehen uns. Das ist nicht mit allen Mädchen so. Manche sind eifersüchtig. Vielleicht freuen sich einige insgeheim.«

»Meinst du?«

Sie zuckte mit den Schultern und zog eine Schnute. Eigentlich schien es ihr egal zu sein.

»Es war der gleiche Typ, der uns auf dem Parkplatz angegriffen hat, oder?«, fragte ich.

»Ja. Ich hatte solche Angst, als er auf mich zugerannt kam. Ich glaube, es war nur eine Warnung. Er hätte Zeit genug gehabt zuzustechen. Du bist Privatdetektiv, aber es hat nichts mit mir zu tun, sagtest du. Jetzt wohl doch. Richtig? Der erste Angriff galt dir. Und weil ich dich sehe, bin ich zur Zielscheibe geworden. Woran arbeitest du, Castor? Dein erster Besuch im *Scheherazade* war kein Zufall.«

Ich nickte nachdenklich. »Bist du verhört worden?«

»Zwei Polizisten waren hier und haben mich befragt, nachdem ich behandelt worden bin. Ich habe ihnen gesagt, dass ich den Typ zum ersten Mal gesehen habe. Wahrscheinlich irgendein durchgedrehter Freier. Ich denke, das war in deinem Sinn.«

»Ja. Vielen Dank, Sonja. Wie lange musst du hier bleiben?«

»Ich bin privat versichert«, antwortete sie. »Die behalten mich bestimmt noch eine Nacht. Zur Beobachtung, wie es so schön heißt. Außer ein paar Schmerzmitteln brauche ich nichts.«

»Hör zu. Ich muss noch eine Kleinigkeit erledigen. Mehr als zwei Stunden brauche ich sicher nicht. Dann hole ich dich ab und du kommst zu mir ins Hotel.«

Es kam keine Widerrede. Ich gab ihr einen Kuss und verließ das Zimmer. War es ein frühkindliches Trauma, dass mich Krankenhäuser verunsicherten? Diese unsägliche Ruhe auf den Fluren, gelegentlich unterbrochen von freundlichem Pflegepersonal, das zum Schichtwechsel antrottete oder auf metallenen Teewagen Speisetabletts von Zimmer zu Zimmer karrte. Dahinter, in den Zimmern, Kranke, Verletzte, Sterbende. Nummerierte Schicksale. Junge Assistenzärzte mit wichtigen Blicken liefen immer einen Schritt schneller. Es gehörte zum guten Ton, im Krankenhaus in Eile zu sein. Ein eigenes Universum mit seinem ganz eigenen Geruch, der ihm eigenen Routine, sieben Tage die Woche von morgens bis abends und der ihm eigenen trügerischen Nachtruhe, die regelmäßig von Notfällen unterbrochen wurde. Ich atmete tief durch, als ich Richtung Parkplatz lief, und zündete eine Zigarette an. Ich betrachtete die Warnung auf der Schachtel: *Smoking Kills*. Hm, hätten sie drauf geschrieben *Rauchen verschafft Ihnen einen regelmäßigen Aufenthalt bei den Barmherzigen Brüdern*, hätte ich darüber nachgedacht, eines meiner Laster aufzugeben.

Halb fünf. Ob Roller noch im Büro war? Glücklicherweise hatte ich seine Nummer gespeichert. Es klingelte nur zwei Mal, bis er abhob.

»Dennings hier. Sie sind noch im Büro?«

Roller klang nicht einmal unerfreut, mich zu hören.

»Oh, Dennings! Was für eine Überraschung! Sagen Sie bloß, ich kann etwas für Sie tun?«

»Ja, das können Sie. Aber nicht am Telefon. Kann ich vorbeikommen?«

»Immer gerne. Sie wissen ja, wo Sie mich finden. Schaffen Sie es in der nächsten Stunde? Ich möchte heute nicht mehr so lange im Büro bleiben.«

* * *

Güterstraße 37. Natürlich kannte ich noch das trostlose Polizeigebäude in der Nähe des Hauptbahnhofs. Selbst mit dem einsetzenden Berufsverkehr brauchte ich nur knapp zehn Minuten.

Roller wirkte zufrieden. Er musste einen guten Tag gehabt haben, was für einen Kommissar bei der Kriminalpolizei nicht an der Tagesordnung war. Systemimmanenter Frust und Depression waren ständige Begleiter von Ordnungshütern, mangelnde Anerkennung, der ständige Kontakt zu menschlichen Abgründen, dazu eingepfercht in ein starres öffentlich-rechtliches Korsett. Hellblaues Hemd auf dunkelblauer Jeans, braune Boots. Ich erinnerte mich an unser erstes Zusammentreffen, als sein Erscheinungsbild weitaus weniger stilsicher wirkte. Er bot mir einen Kaffee an.

»Steht schon eine Weile, müsste aber noch genießbar sein.«

Ich nahm dankend an. In der Tat viel zu bitter. Sofort bildete sich ein schwarzer Rand im weißen Kaffeebecher.

»Was führt Sie zu mir?«

»Ein Schläger«, antwortete ich knapp.

Er musterte mich und scannte mein Äußeres nach Verletzungen.

»Ich weiß nicht, ob er schon wieder auf freiem Fuß ist. Ein sportlicher Typ, etwa 1,70 Meter, wahrscheinlich Kampfsportler. Er hat gestern im *Scheherazade* randaliert, ein Bordell in Bitburg.«

»Aha? Das kommt schon mal vor, Dennings. In dem Milieu fliegen öfter die Fäuste. Haben Sie da … persönliche Interessen?« Roller schien amüsiert und spielte mit mir.

»Die habe ich tatsächlich. Er hat eine Dame verletzt, die mir nahesteht.«

Roller hob überrascht die Augenbrauen. »Im Puff? Soweit ich weiß, hat nur eine Prostituierte ein blaues Auge davongetragen. Oder wurde der Typ in anderem Zusammenhang handgreiflich?«

»Nein, ich meine die Lady mit dem blauen Auge. Sonja Remmels.«

»Ooooh.« Roller nickte mehrere Male langsam mit dem Kopf und lehnte sich zurück. »Na, dann erzählen Sie doch mal.«

»Sie wissen besser als ich, dass alle Protagonisten dieses Milieus von schweigsamer Natur sind«, begann ich meine Version der Geschehnisse, »ob Bordellbetreiber, Zuhälter, Prostituierte oder Freier. Schweigsam und ausgestattet mit einer angeborenen Aversion gegen die Staatsgewalt. Sonja hat Ihnen nicht alles erzählt, wohl nur die Mär vom Freier, der aus welchen Gründen auch immer ausgerastet ist, sie vielleicht verwechselt hat mit einer anderen. Viel mehr weiß ich auch nicht, sonst wäre ich nicht hier. Aber ich habe Vermutungen, die sich aus einem Ereignis nähren, das sich vorgestern Abend zugetragen hat. Der Bursche hatte uns aufgelauert und wurde massiv handgreiflich. Als ihm die Gegenwehr zu heftig wurde, hat er Reißaus genommen. Ich hielt ihn zunächst für einen gewalttätigen Straßendieb.«

»Und wofür halten Sie ihn nun?«, fragte Roller, der gespannt, aber mit der nötigen Skepsis zuhörte. Schließlich wusste er seit unserer ersten Begegnung, dass ich meine Informationen recht spärlich teilte, wenn es die Gesamtsituation erforderte. So wie jetzt.

»Ein Typ aus dem Milieu, der die Kontrolle über Sonja verloren hat. Ein Zuhälter, der sein Pferdchen wieder in seinem Rennstall laufen sehen möchte. Sonja schweigt sich aus und hat Angst.«

»Soso ...« Roller trommelte mit den Fingern auf der Tischplatte und dachte nach. »Klingt plausibel«, hob er an. »Was genau soll ich denn jetzt tun, Dennings? Wir haben ihn in Gewahrsam genommen, okay? Wie nach jeder Kneipenschlägerei, die mehr oder weniger glimpflich ausgegangen ist. Ein blaues Auge ist nicht schön, aber heilt recht schnell. Sorry. Was denken Sie, wie viel Handgreiflichkeiten täglich in Trier stattfinden? Bei Großveranstaltungen wie dem Altstadtfest oder Zurlauben brechen alle Dämme. Der Typ hat ein blütenweißes Vorstrafenregister und zeigte sich einsichtig, nachdem wir ihn verhaftet hatten. Er hat einen Job. Mit dem, was passiert ist, will ich ihn nicht dem Haftrichter vorführen, selbst wenn er die Dame schon einmal angegriffen haben sollte. Aber dafür liegt nicht mal eine Anzeige vor. Oder wollen Sie ihn anzeigen? Mehr als 24 Stunden kann und will ich ihn bei der Sachlage nicht festhalten. Ich mache mich lächerlich! Soll ich jetzt ein Ermittlerteam aufstellen aufgrund irgendwelcher Vermutungen? Er kommt in den nächsten Stunden auf freien Fuß. Mit einer Geldstrafe wird er wohl noch rechnen müssen.«

»Was Sie tun sollen, Kommissar?«, wiederholte ich seine Frage. »Ich will seinen Namen. Und seine Adresse. Mehr nicht.«

»Mehr nicht? Toll! Klasse, Dennings, bin ich Ihr Informant?«

»Ich habe ein berechtigtes Interesse.«

»Nicht Sie! Ihre ... Bekannte vielleicht oder das *Scheheraza-de*. Aber nicht SIE!«

»Gut. Vorschlag zur Güte, mein Freund. Darf ich ihn sehen, hier in Ihrem Büro? Nur ein paar Sätze vor Ihren Augen mit ihm wechseln? Ist das was? Sie dürften mich gut genug kennen. Ansonsten kann ich mich ja immer noch vor dem Gebäude postieren, mir den Arsch in meinem Wagen plattsitzen und warten, bis er sowieso rauskommt.«

Roller nickte, diesmal schneller. »Auch wieder wahr«, murmelte er. Er griff zum Hörer, wartete ein paar Sekunden und gab eine kurze Anweisung durch. »Bringen Sie bitte den Thieken zu mir ins Büro ... genau, der von gestern Abend.«

Thieken. So hieß mein Mann also. Was erwartete ich? Dass er bei meinem Anblick austickte, sich in abstruse Erklärungen verstrickte? Dass er handgreiflich wurde, damit man ihn aus dem Verkehr ziehen und ich Zeit gewinnen würde, das Motiv für seinen Übergriff herauszufinden? Ja, so etwas in der Art erwartete ich. Und irgendwie trafen meine Erwartungen auch zu. Aber eben nur irgendwie, und knapp daneben ist auch kein Treffer. Nein, eher ein gehöriger Schuss in den Ofen.

Ich stand neben der Tür, Roller hinter seinem Schreibtisch. Ein bulliger Polizist öffnete die Tür und bat Thieken herein. Thieken ging reumütig auf Roller zu, mich im Rücken. Dann ging alles rasend schnell. »Kennen Sie Herrn Dennings, Herr Thieken?« Roller hatte die Frage kaum zu Ende gebracht, Thieken drehte sich um, sah mich. Sein Gesicht lief rot an. Er machte einen Satz in meine Richtung und streckte mich mit einem formvollendeten Mawashi-Geri, einem trockenen Halbkreisfußtritt nieder. Sofort drehte er sich um, zwei schnelle Schritte zu Roller, dem er einen Kopfstoß auf die Nase verpasste. Roller stöhnte auf, ich war benommen, Thieken griff Rollers Bürostuhl und schmetterte ihn gegen die Fensterscheibe. Sie zersprang nicht, der Aufschlag bewirkte nur sternenförmige Risse. Thieken nahm kurz Anlauf und sprang mit den Füßen voraus durch das Fenster, das nun in Tausend Teile zerbarst.

»Scheiße«, schrie Roller und hielt seine blutende Nase, »wir sind im zweiten Stock!«

Ich hatte mich aufgerappelt und lief ans Fenster. Und was ich sah, regte nicht gerade den Appetit an. Thieken musste falsch aufgekommen sein, sein rechtes Bein war auf der Höhe seines Knies über neunzig Grad angewinkelt. Das linke zuckte, und eine kleine Blutfontäne schoss unaufhörlich aus seiner Oberschenkelarterie. Die Schnittwunden, die er sich beim Sprung durch das Fenster zugezogen hatte, mussten mehrere Schlagadern getroffen haben. Die Blutlache unter seinem Körper breitete sich rapide aus. Ein kräftiges, frisches Rot übertünchte das schmutzige Grau der Pflastersteine des Parkplatzes.

»Scheiße, Scheiße, Scheiße«, fluchte Roller, kreidebleich, »Wo bleibt der Notarzt?«

Hektisches Treiben setzte ein. Wild gestikulierende Polizisten, Krankenwagen, Notarzt und Sanitäter. Minutenlange Notfallbehandlung und dann ein kurzes, aber deutliches Kopfschütteln des Arztes. Exitus.

Ich stand am Fenster und zündete eine Zigarette an. Striktes Rauchverbot in öffentlichen Gebäuden. Selbst Roller hatte es vergessen und ließ mich gewähren. Er saß auf seinem Stuhl und hielt ein Taschentuch an seine blutende Nase.

»Die ist ... gebrochen ... bestimmt«, stammelte er, »zufrieden, Dennings?«

»Wie man es nimmt.« Ich inhalierte den heißen Zigaretten-dampf, ließ ihn wirken und stieß ihn langsamer aus als gewohnt. »Ärger macht Thieken jedenfalls nicht mehr.«

»Und ob, Dennings. Und ob!«

»Ich weiß, was Sie meinen, Kommissar. Aber gegen falsche Anschuldigungen muss man sich wehren, bevor sie erhoben werden.«

»Ach?«

»Nicht so defätistisch, mein Freund. Es reicht, die Wahrheit zu beschönigen, ohne zu lügen. Glauben Sie mir, es gibt Wahrheiten, die niemandem einen Gefallen tun.«

13. Kapitel

Bevor ich Sonja vom Krankenhaus abholte, machte ich einen Abstecher in die Fußgängerzone, um das nächste Kaufhaus aufzusuchen. Wenn sie gleich vom *Scheherazade* ins Krankenhaus gebracht worden war, dann vielleicht in ihrer Arbeitskleidung, enges Bustier, Strapse, hochhackige Schuhe oder ähnlicher Stoff, der mehr zeigte als verbarg. So konnte sie sich auf keinen Fall auf die Straße wagen. Ein paar Jeans, eine weiße Bluse, eine leichte Weste und ein Paar Sneakers sollten reichen. Konfektionsgröße 36, schätzte ich. Schuhe? Maximal 38. Vorsichtshalber kaufte ich noch ein paar weiße Socken dazu, falls die Sneakers zu groß ausfielen.

Sie freute sich wie eine Schneekönigin, als ich mit den Einkaufstüten in der Tür stand. Noch nie habe sie sich von einem Mann einkleiden lassen. Sie zog die Sachen an, vor meinen Augen, und ich bewunderte ihren schönen Körper. Dann öffnete sie den schmalen Kleiderschrank, nahm eine lederne Reisetasche hervor, verstaute ihre Badartikel und ein schickes Herbstkleid. Als sie meine fragenden Blicke bemerkte, erklärte sie, Vanessa habe ihr am Abend des Vorfalls die wichtigsten Dinge vorbeigebracht. Sie könne doch unmöglich in Dessous auf die Straße. *Great minds think alike.*

Erst als wir im Auto saßen, bemerkte sie, dass mein rechter Wangenknochen stark gerötet war. Ich klärte sie auf, erzählte ihr von meinem Besuch bei Roller und dem hollywoodreifen Abgang von Thieken, ohne mich in überflüssigen Details und Schreckensbildern zu verlieren.

»Können wir ein paar Schritte laufen?«, fragte sie leise, als wir beim Hotel ankamen.

Ich betrachtete kurz den Himmel. Regenwolken hingen bedrohlich tief. Der Schauer würde nicht mehr lange auf sich warten lassen.

»Gerne, aber ich habe keinen Schirm dabei«, antwortete ich.

Arm in Arm liefen wir die Südallee hoch Richtung Kaiserthermen. Caldarium und Frigidarium ließen wir rechts liegen und schlenderten weiter Richtung Palastgarten.

»Kriegst du jetzt Ärger mit den Bullen?«, fragte sie irgendwann.

Ich gab ihr einen Kuss auf die Schläfe.

»Ich denke nicht. Dass ich ihm ein harmloses Lügenmärchen vom möglichen Zuhälter aufgetischt habe, ahnt Roller nicht. Außerdem hat er selbst allergrößtes Interesse daran, dass Thiekens Fenstersturz nicht aufgebauscht wird. Für die Presse sind solche Storys ein gefundenes Fressen. Stell dir vor, ein kleiner Schläger springt aus Verzweiflung oder Angst aus dem Polizeigebäude und verletzt sich tödlich. Für ein anständiges Polizisten-Bashing eine schicke Anekdote. Nein, wenn Roller das tut, was ich ihm nahegelegt habe, passiert nichts, aber rein gar nichts.«

»Was hast du ihm gesagt?«, fragte Sonja neugierig.

»Dass ich ihn nicht wegen Thieken aufgesucht habe, ihm mehr oder weniger rein zufällig einen Besuch abgestattet habe, um ihm meine Absicht mitzuteilen, mich hier niederzulassen, dass Thieken auf freien Fuß gesetzt werden sollte und dieser sofort aggressiv auf Roller und mich losgegangen sei, ohne erklärlichen Grund. Ich wäre sogar ein geeigneter Zeuge. Niemand kann mich mit Thieken in Verbindung bringen. Nur du. Und natürlich Roller.«

Die ersten Tropfen kündigten einen frischen Herbstregen an.

»Hm, wir sollten zurück. Oder magst du in ein Restaurant?«, fragte ich.

»Nein, lass uns ins Hotel gehen. Wir können etwas bestellen.«

Wir mussten schnell gehen. Unerwartet rasch prasselte der Regen plötzlich auf den Asphalt, die Rinnsteine füllten sich mit Wasser, Pfützen bildeten sich, dicke Tropfen prasselten auf Autodächer. Sonja giggelte wie ein kleines Mädchen, sie scherte sich einen Dreck um ihr Make-up und ihre klatschnassen Haare. Während wir liefen, fiel mein Blick auf ihre weiße Bluse, die durchnässt an ihrem Körper klebte und ihre Brustwarzen deutlich erkennen ließ. Ich begehrte sie.

Nass und außer Atem erreichten wir das Hotel. Der Rezeptionist grinste nur, wie wir lachend die Treppe hoch zu meinem Zimmer liefen.

»Schnell raus aus den Klamotten, brrr.« Mit Mühe streifte Sonja die durchtränkte Jeans von den Beinen. Ich ging ins Bad und nahm ein Handtuch. Während sie ihre Bluse aufknöpfte, rieb ich ihre Haare trocken. Anschließend ihren Rücken, ihren Po, die Beine. Sie drehte sich um und küsste mich. »Danke!«

»Leg dich ins Bett, Sonja«, sie hatte leichte Gänsehaut, was sie noch begehrenswerter wirken ließ. »Dir ist kalt. Ich gehe schnell zum Wagen und hole deine Tasche.«

»Nein.« Sie zog mich an sich und öffnete meinen Gürtel. Dann knöpfte sie mein Hemd auf. »Ich möchte, dass du mich wärmst. Jetzt.«

Es war, als hätten wir uns monatelang nicht gesehen, unsere Körper zum ersten Mal entdeckt. Wir liebten uns in einen Rausch. Der Regen begleitete uns mit seinem gleichmäßigen Prasseln die ganze Nacht. Eine betörende Hintergrundmusik. Gelegentlich ließen wir voneinander ab, um nach einer kurzen Ruhephase das Liebesspiel neu zu entfachen. Die Nacht war traumhaft, eine dieser Nächte, die sich in die Festplatte einbrannten, ein Gefühl, das blieb, ein magischer Moment, den ich in dieser Form nur mit wenigen Frauen geteilt hatte.

Gegen fünf Uhr morgens schlief Sonja ein, schweißgebadet und glücklich. Ich brauchte eine Zigarette, öffnete das Fenster und betrachtete das schlafende Trier. Der ein oder andere Bäcker würde schon in seiner Backstube stehen, Zeitungen ausgetragen werden. Nachtschichtler bereiteten sich auf ihren Feierabend vor. *Les journaux sont imprimés. Les ouvriers sont déprimés.* Das wunderschöne Lied von Jacques Dutronc über das erwachende Paris schoss mir durch den Kopf. Die Zeitungen sind gedruckt. Die Arbeiter sind deprimiert. *Il est cinq heures, Paris s'éveille.* Es ist fünf Uhr, Paris erwacht. Vor meinen Augen erwachte Trier. Der Regen ließ nach. Auch er wurde müde.

Was für ein Tag. Hatte man Thieken auf mich gehetzt oder auf Sonja? Ich war sicher, dass ich die Zielscheibe war. Sein erster Angriff war eindeutig gegen mich gerichtet gewesen, und es war in meinen Augen keine Warnung, sondern ein klarer Mordversuch. Sein Auftritt im *Scheherazade* sollte Sonja einschüchtern. Mehr nicht. Aber warum? Der oder die Hintermänner vermuteten, dass sie mir wertvolle Hinweise geben konnte. Nur das ergab einen Sinn. Und wenn man einen nicht besonders hellen Killer auf mich gehetzt hatte, gab es jetzt noch weniger Gründe, das Vorhaben nicht zu Ende zu bringen.

Ich kontrollierte die Zimmertür. Ordentlich verschlossen. Meine Sig Sauer schlummerte geladen im Nachttisch. Es war Jahre her, das ich in einer Extremsituation von ihr Gebrauch gemacht hatte. Ihre und meine Funktionstüchtigkeit an ihr checkte ich in regelmäßigen Intervallen bei der Schießabteilung des Polizeisportvereins in Berlin Wannsee. Mit Vereinsmeiern hatte ich wenig am Hut, für die Aus- und Weiterbildung an der Schusswaffe gab es allerdings keine bessere Möglichkeit.

Nach einer kurzen Katzenwäsche legte ich mich zu Sonja und schlief sofort ein.

* * *

Es klopfte an der Tür, erst langsam, fast zaghaft. Ich schaute auf die Uhr. Kurz vor elf. Himmel, den halben Tag verschlafen. Sonja befand sich immer noch im Tiefschlaf. Das Klopfen wurde fester, aufdringlich, störend.

»Moment!«, rief ich und war von meiner klaren Stimme überrascht. Erst jetzt fiel mir auf, dass ich am Vorabend keinen Wein getrunken hatte. Beim passenden Gegenprogramm war ich doch tatsächlich fähig, auf eines meiner liebsten Steckenpferde zu verzichten.

Ich stieg aus dem Bett und suchte das Zimmer nach meinen Shorts ab. Sie lagen halb verdeckt unter dem Handtuch, mit dem ich Sonja trocken gerieben hatte. Ich schlüpfte hinein. Wieder klopfte es heftig. Die Geschehnisse vom Vortag poppten hoch. Thieken. Ich holte die Waffe aus dem Nachttisch, ging auf Zehenspitzen zur Tür, Pistole in der rechten Hand, Finger am Abzug. Ich drückte mich an die Wand und öffnete die Tür einen Spalt. Sofort ließ ich die Waffe sinken. »Nathalie! Sie?«

Unsicher lächelte sie mich an. Ihr erster Blick fiel auf meine Pistole, der zweite auf meine Shorts.

»Laufen Sie morgens immer mit einer Kanone durchs Zimmer?«, fragte sie.

Ich sah an mir herunter. »Oh, Moment.« Meine Hose lag vor dem Nachttisch, zerknautscht, aber trocken. Nathalie trat ins Zimmer, freies Blickfeld auf das Bett, in dem sich Sonja aufrichtete, ihre Brust notdürftig mit einem Teil des Lakens bedeckt.

»Besuch, Castor?«, fragte sie.

»Äh ... ja ... das ist Nathalie, meine ... meine Sekretärin.«

»Sehr nett«, meinte Sonja anerkennend, stieg aus dem Bett und ging ins Bad.

»Ihre Nachforschungen gehen wohl gut voran, Chef. Ich gehe mal besser, Sie sind beschäftigt. Ich habe ein Zimmer im gleichen Hotel. Wir können ja später telefonieren.«

»Moment, Nathalie, warum haben Sie nicht Bescheid gesagt?«

»Ich dachte, Sie lesen Ihre Mail. Egal, eilt ja nicht. Bis später«, antwortete sie schnippisch und verließ den Raum. Die Mail, natürlich. Im Büro von Claudia Lunkenheimer bei *Omni-Fen* hatte ich sie gesehen, aber nicht geöffnet und später nicht mehr daran gedacht. Weshalb war Nathalie hier? Hatte sie sich mein Angebot durch den Kopf gehen lassen? War sie bereit, mich an die Mosel zu begleiten und Berlin zu verlassen? Ich hörte die Dusche im Bad und war verwirrt. Nicht sehr souverän, mein Auftritt, weder vor Nathalie noch vor Sonja. Ihre Morgentoilette war ausgiebig. Ich riss das Fenster auf, rauchte, schaffte ein wenig Ordnung im Zimmer und bestellte beim Zimmerservice Frühstück, das nach knapp fünfzehn Minuten auf einem Teewagen serviert wurde. Inzwischen lief der Föhn. Gut getimed! Rührei und Kaffee waren noch heiß, als Sonja aus dem Bad kam. Dazu frische Brötchen, Butter, Marmelade, Wurst und Käse. Ich hatte einen Bärenhunger.

»Du siehst hinreißend aus!«

Sonja setzte sich auf die Bettkante und zog den Teewagen an sich. »Hm, lecker.« Genussvoll trank sie einen Schluck Kaffee, strich Butter auf das Brötchen und biss herzhaft zu.

»Hast du was mit deiner Sekretärin?«, fragte sie kauend. »Versteh mich bloß nicht falsch, Castor. Das ist völlig in Ordnung für mich.«

»Nein. Zwischen Nathalie und mir läuft nichts. Sie ist meine Sekretärin, dazu noch eine sehr gute. Dass sie hübsch aussieht, stört mich natürlich nicht«, scherzte ich. »Es beflügelt meine grauen Zellen, wenn ich morgens im Büro ein attraktives Mädchen sehe. Ich bin kein EMMA-Leser und schäme mich nicht, dass mich Äußerlichkeiten nicht kalt lassen.«

Sie schüttelte lachend den Kopf und griff nach dem zweiten Brötchen. Ihre Unbekümmertheit war ansteckend. Wir aßen, lachten und tauschten Gedanken aus. Irgendwann schaute sie auf die Uhr. »Oh, schon so spät!« Dann huschte sie erneut ins Bad. Ich streckte mich auf dem Bett aus, hörte, wie sie sich die Zähne putzte.

Mit einem zufriedenen Lächeln im Gesicht kam sie raus und legte sich zu mir. »Könntest du bitte meine Reisetasche aus deinem Auto holen? Ich muss los, zuerst in meine Wohnung, dann zur Arbeit.«

Zur Arbeit! Es fuhr mir durch Mark und Bein. Wie würde sie nach der letzten Nacht mit einem Freier schlafen können. Sie spürte mein Unbehagen.

»Castor, es war das letzte Mal«, sagte sie.

»Wie meinst du das?«

»Ich merke, dass du dich in mich verliebst. Und für mich ist es langsam auch keine Spielerei mehr. Was erwartest du? Wir beide in deinem kleinen Häuschen in Wasserbillig? Vielleicht bekommen wir Kinder, und das Glück ist perfekt. Hm?« Sie streichelte meine Wange. »Ich habe genaue Vorstellungen von meinem Leben.«

Ich nickte. »Paris, New York. Mindestens Berlin. Dein Salon. Ich habe es nicht vergessen, Sonja.«

Sie küsste mich und stand auf. »Ja. Komm, gib mir deinen Autoschlüssel. Ich hole die Tasche und hinterlege den Schlüssel an der Rezeption.«

Ich reichte ihn ihr.

»Noch was, Castor. Vielleicht bin ich ein bisschen naiv, aber auch ich kann eins und eins zusammenzählen. Du wolltest einen Namen, als du zum ersten Mal im *Scheherazade* warst. Den Namen von Jochen Staudts Freund. Der Name ist Stock, Erwin Stock. Pass auf dich auf.«

* * *

Zwei, drei Jahre. Das war ihre Vorstellung. Ich hoffte, dass ihr der Glanz in den Augen nicht abhandenkommen würde. Vanessa hatte den rechtzeitigen Absprung vermutlich verpasst. Aber Sonja war tougher, ihr Ziel permanent vor Augen, während sie die lustvolle Gespielin vortäuschte.

Ich stieß einen Seufzer aus, schaltete die Kiste an und sprang aus dem Bett. Die Nacht war sportlich genug gewesen, und trotzdem pumpte ich dreißig Liegestütze und fünfzig Sit-ups. Dann ging ich ins Bad, rasierte mich und nahm eine ausgiebige Dusche. Meinen Anblick von heute Morgen wollte ich beim nächsten Treffen mit Nathalie wettmachen. Ob es mir gelang, war eine andere Frage.

Zwei Uhr in der Lobby hatten wir bei einem kurzen, unterkühlten Telefonat ausgemacht. Ich war pünktlich, auf die Sekunde, Nathalie überpünktlich. Sie saß in einem Plüschsessel gleich neben dem Eingang, die Beine übereinandergeschlagen und wippte leicht genervt mit dem rechten Fuß. Das Hochglanzmagazin in ihren Händen schien sie nicht sonderlich zu interessieren. Zu schnell blätterte sie darin lustlos herum.

»Hallo Nathalie, was gibt es Neues? Micaela Schäfer enthüllt? Oder Helmut Berger nüchtern?«

Sie drehte sich um und legte die Zeitschrift zur Seite. »Enthüllt haben Sie ja wohl auch genug, Chef.«

»Sie meinen unseren Fall, oder?«

»Ausschließlich. Meine Nachricht haben Sie also nicht gelesen«, bemerkte sie enttäuscht.

»Nein, das tut mir wirklich leid, Nathalie. Ernsthaft. Und auch wenn der Schein trügt, ich war sehr beschäftigt.« Ich setzte mich zu ihr. »Sagen Sie mir doch jetzt, was in Ihrer Nachricht stand.«

Endlich lächelte sie. Ärger und Enttäuschung schienen halbwegs verflogen.

»Ihr Angebot interessiert mich. Ich wollte wissen, ob Sie es mit dem Umzug unserer Detektei ernst meinen, und wie sich das Ganze gestalten könnte.«

»Na bestens! Ja, ich meine es ernst, Nathalie. Auf, ich zeige Ihnen unsere neue Bleibe. Auf dem Weg werde ich Ihnen einige interessante Dinge erzählen.«

14. Kapitel

Erwin Stock. Natürlich! Claudia Lunkenheimer, Sonja, Knode, Hesse und Staudt senior. Wie viel Schnittmenge brauchte ich noch mehr, um ihm meine ungeteilte Aufmerksamkeit zu schenken? Die Mengenlehre hatte etwas für sich. In Gedanken, gelegentlich auf Papier, zog ich Kreise, jeden versehen mit einem Namen, und prüfte, wann und wo sich die Wege der in meinem Fall beteiligten Personen kreuzten, und langsam aber sicher kristallisierte sich Erwin Stock heraus.

Claudia Lunkenheimer von *OmniFen* hatte einen Termin bei ihm in seinem Büro in der Aufsichts- und Dienstleistungsdirektion gehabt, mit Staudt senior besuchte er das *Scheherazade*, Knode arbeitete in der gleichen Behörde, Letzterer wiederum stand in Kontakt zu Hesse. Und Hesse? Sein Zielobjekt war vielleicht gar nicht Staudt senior, sondern von Beginn an Erwin Stock gewesen. Nur kreuzten sich unsere Wege konsequenterweise, als ihn seine Beobachtungen zu Staudt führten, dessen Sohnemann fürsorglich genug war, ebenfalls einen Privaten anzuheuern. Langsam amüsierte mich der Gedanke, wie überlegen sich der Jungunternehmer fühlte. Er sollte noch sein Fett wegkriegen.

Auch wegen Nathalie.

Wir fuhren nach Wasserbillig. Das Häuschen gefiel ihr. Sie schüttelte zwar immer wieder den Kopf, als wir um das kleine Anwesen liefen und ich ihr erklärte, wo ich mir ihr Büro, meines und den Privatbereich vorstellte, gleichzeitig aber lachte sie und ließ sich ein »süß«, »goldig« oder »putzig« entlocken. Solch Attribute verwendete sie in der Regel nur bei spontanem und ernsthaftem Gefallen, anders als »nett«, »aha« oder »prima«.

»Und wann wäre es soweit?«, fragte sie mich.

»Na ja, ich würde sagen in zwei, drei Monaten. Der Papierkram erledigt sich nicht von selbst, und wir müssten natürlich renovieren. Ohne Zeitdruck. Wir haben ja auch eine dreimonatige Kündigungsfrist für unser Büro in Berlin. Ein paar Aufträge sind noch abzuwickeln, und dann sollten wir die Übergangsphase nutzen, ein bisschen Werbung zu schalten. Was meinen Sie, Nathalie? Sie müssen sich nicht heute entscheiden, aber in den nächsten vier Wochen vielleicht. Ich brauche eine Mitarbeiterin – und Sie sind die beste. Wenn Sie nicht mitkommen, was ich akzeptieren müsste, würde ich mich irgendwann nach einer neuen Kollegin umschauen müssen.« Und Nathalie kündigen, was ich natürlich nicht aussprechen wollte.

»Ich habe mich entschieden, Chef. Ich bin dabei!«

Ich freute mich und nahm sie spontan in den Arm. Wo dieser unerwartete Sinneswandel herrührte, fragte ich nicht. Ich konnte nur ahnen, dass es auch mit ihrer Enttäuschung in der Liebe zusammenhing, ihrem unglücklichen, letzten Date mit Staudt. Vielleicht würde sie es mir eines Tages sagen, brüskieren wollte ich sie in keinem Fall. Eines jedoch wollte ich geklärt wissen. Schon vor Staudts erstem Besuch in der Detektei hatte sie sich seltsam mir gegenüber verhalten.

»Phantastisch! Dann rufe ich noch heute den Makler und die Bank an!« Wir liefen zurück zu meinem Wagen. »Nathalie, alte Kamellen soll man nicht aufwärmen, aber ich bin eben von Natur aus neugierig. Sie waren eine Zeit lang … wie soll ich es am besten ausdrücken … sehr reserviert mir gegenüber. Ablehnend. Sie wissen ja, dass ich in Wirklichkeit ein Sensibelchen bin, und ich habe vor Kummer kaum schlafen können.«

»Sie übertreiben.«

»Nur ein bisschen. Das ist bei Dramen so. Würde es Ihnen was ausmachen, meine Gefühlswelt vollends zurechtzurücken und mich aufklären, womit ich mir Ihren Unmut zugezogen habe? Ich meine … aus Fehlern lernt man, und ich möchte einen derart fatalen nicht wiederholen.«

Sie holte tief Luft und stieg ins Auto. »Sie haben ja Gott sei Dank Trost gefunden«, antwortete sie leicht schnippisch.

»Stimmt. Musik?« Auf die Antwort wartete ich nicht und schob Billy Joels *Glass Houses* ins CD-Fach. Nachhaken hielt ich für unangebracht, doch sie verspürte bei *You were the one*, das Joels niedliche, aber mäßige Französischkenntnisse zutage brachte, plötzlich Redebedarf.

»Eigentlich müssten Sie es wissen. Ich fühle mich bei Ihnen sehr wohl. Ich glaube, es gab nicht einen Tag, an dem ich das Gefühl hatte, nur Ihre Sekretärin zu sein. Da ist mehr. Verstehen Sie das jetzt nicht falsch. Es ist eine echte Verbundenheit. Und erinnern Sie sich an unser Gespräch über Katharina? Mich hat Ihre Gleichgültigkeit schockiert und irgendwie als Frau verletzt. Katharina war es, die mich angerufen hatte, ein Dreivierteljahr, nachdem Sie beide beschlossen hatten, getrennte Wege zu gehen. Sie wollte Sie gar nicht sprechen, sondern einfach nur wissen, wie es Ihnen geht. Das ist wahre Liebe. Dann erzählte sie mir von ihrem neuen Partner. Begeisterungsstürme hören sich anders an. Und von ihrem kleinen Baby, das sie abgöttisch liebt. Ein kleiner Leo.«

»Leo?« Ich schluckte. Mein Mittelname.

»Für mich ist das Ganze erledigt«, fuhr Nathalie fort. »Sie sind, wie Sie sind. Und Sie waren auch nie anders. Vielleicht wünschte man sich das. Mich hat eine Zeit lang gekränkt, dass Sie sich nie ganz auf andere Menschen einlassen und zerbrochene Herzen zurücklassen.«

»Danke.« Ich ließ das Fenster runter und zündete eine Zigarette an. »Ich bin zwar ein alter Bock, aber wie gesagt: Auch ich kann noch aus Fehlern lernen.«

»Dann fangen Sie doch gleich damit an und werfen die Zigarette aus dem Fenster. Mir ist ein wenig übel.«

»Schwanger?«, frotzelte ich.

Sie setzte ihren unnachahmlichen Schmollmund auf. »Das hätte ich gemerkt.«

* * *

Zuerst rief ich den Makler an. Juncker konnte seine Freude nicht verbergen, als ich mich doch tatsächlich wieder bei ihm meldete. Obwohl ich es nicht nachvollziehen konnte, musste er das Häuschen wie Sauerbier anbieten. Die Provision für dieses Objekt hatte er mit Sicherheit schon abgehakt. Zeit- und Geldverschwendung für einen Immobilienmakler.

»Sie wollen es wirklich kaufen, Herr Dennings?«, fragte er mich ungläubig.

Ich spielte immer noch den zaudernden, wankelmütigen Interessenten, der natürlich über Alternativen verfügt. Das Ganze sei ja doch kostspielig, wenn man die notwendige Sanierung einberechne, meinte ich dann auch. Fünfzehntausend runter lautete meine nassforsche Bedingung, und ich sei sein Mann.

Er wollte es loswerden. »Da lässt sich was machen, Herr Dennings. Ich rufe Sie in der nächsten Stunde zurück.« Das sagte er um vier Uhr, 16.15 Uhr klingelte mein Handy. »Gehen auch zwölf?«, fragte er ängstlich. »Die Eigentümer drehen jeden Groschen rum«, erklärte er mit flehendem Unterton.

Ich ballte die Faust wie Boris Becker bei seinen Siegen in Wimbledon, legte eine theatralische Schweigepause ein,

seufzte hörbar und ließ die frohe Kunde verlauten: »Na gut.«
Wahrscheinlich ballte nun Juncker die Faust, möglicherweise
begleitet von einer plötzlichen Erektion. »Sie kümmern sich
um den Notartermin?«

»Selbstverständlich, Herr Dennings. Ich leite alles in die
Wege. Sie können ja schon mal das Finanzielle klären.«

Recht hatte er. Guter Mann.

16.20 Uhr. Ob meine Sparkasse noch geöffnet hatte? Wie
unterschiedlich doch die Empfindungen sein können, die man
bei anderen Menschen auslöst. Während Juncker beglückt meinen Anruf entgegengenommen hatte, spürte ich bei Diederich,
meinem Bankberater des Vertrauens, körperliches Unwohlsein, als er den Hörer aufnahm und meine Stimme vernahm.

»Herr Dennings! Ja, wir haben immer bis halb fünf geöffnet. Aber wir schauen nicht auf die Uhr.« Er wog mich in
Sicherheit. Das Kollektiv kümmerte sich. Ja sicher, das Darlehen würde ich bekommen, die Kreditabteilung habe meinen
Antrag geprüft. Ich dürfe auf keinen Fall falsch verstehen,
wenn man bei einem Neukunden genauer hinschauen
müsse, und mein Beruf sei ja auch nicht ganz gewöhnlich.

»Das versteht sich von selbst, Herr Diederich. Man kann
doch nicht jedem Dahergelaufenen einfach so die Millionen
nachwerfen. Bei Ihnen fühlen mein Geld und ich sich sicher.
Ich denke, der Sparkasse wäre die Schneider-Pleite nicht passiert.«

Diederich stutzte. »Die Schneider-Pleite?«

»Na damals, junger Freund, Mitte der Neunziger, glaube
ich, der Immobilienunternehmer und die Erdnüsse der Deutschen Bank.«

»So jung bin ich auch nicht«, antwortete Diederich pikiert.
»Ja ja, ich erinnere mich. Ziemlich dumm die Peanuts-Meta-
pher.«

169

Wir vereinbarten einen Termin zur Unterzeichnung des Darlehensvertrags am nächsten Tag. Geld und Haus waren gesichert. Nach dem Notartermin würde ich mich um die Sanierung kümmern. Mit etwas Glück würde mich Vierkorn beraten. Ich hatte den Eindruck, dass die Chemie zwischen mir und dem Ingenieur stimmte. Einen guten Maurer kannte ich ebenfalls: Hartmann. Jeff würde helfen, er war praktisch veranlagt, ein klassischer Bastler. Aber bis dahin gab es noch ein paar Dinge zu erledigen. Schließlich hatte ich wieder einen lukrativen Auftrag und ein paar offene Rechnungen.

* * *

Von meiner Idee war Nathalie nicht begeistert, aber sie spielte mit. Für meine kleine Finte musste sie neu eingekleidet werden, was mir ein paar seltene Einblicke bei der Anprobe bescherte.

»Chef, Sie glotzen!«, reagierte sie genervt, als ich ihr Outfit musterte.

»Rein beruflich!«, beteuerte ich, kaum überzeugend. »Ihre Aufmachung muss schon authentisch sein.«

Ein sehr knappes, nahezu transparentes, weißes Top mit großzügigem Dekolleté, ein fliederfarbenes Röckchen, das zehn Zentimeter über ihren Knien endete, und ein paar schicke, hochhackige Schuhe, die Waden und Beinen die perfekte Form verliehen.

»Toll, Nathalie, einfach nur toll! Sind Sie eigentlich schon zu alt für Germany's Next Top Model?«

»Pfff ...«

Zur Entschädigung ließ ich noch einen schicken Damen-Trenchcoat einpacken. »Den können Sie ja bis zu Ihrem Auftritt überziehen.«

Wir aßen am Kornmarkt zu Mittag, spazierten zurück zum Hotel und verschwanden auf unsere Zimmer. Gegen drei Uhr nachmittags wollten wir die Aufsichts- und Dienstleistungsdirektion heimsuchen, zunächst ich allein, dann nach dreimaligem Anklingeln Nathalie. Wir parkten auf dem Parkplatz neben der Basilika. Ein trüber, grauer Tag, einigermaßen mild, und immerhin regnete es nicht. Nathalie so aufgetakelt bei Regen auch nur wenige Meter auf glitschigen Pflastersteinen herumlaufen zu lassen, wäre mir unangenehm gewesen.

Ich meldete mich an der Pforte. Das Risiko, erkannt zu werden und entlarvende Nachfragen über mich ergehen lassen zu müssen, schien mir relativ gering. Mit dem Pförtner hatte ich bei meinem ersten kurzen Besuch nur wenige Worte gewechselt. Das Glück war mir aber besonders hold, denn ein anderes Faktotum hatte hinter der Vitrine Platz genommen.

»Guten Tag, ich würde gerne Herrn Knode sprechen. Jan Knode. Wir sind alte Bekannte«, sagte ich. »Wobei, alt trifft bei uns beiden nur auf mich zu«, fügte ich lachend hinzu. Ein Eisbrecher aus der Reihe Schenkelklopfer, die keine Sau brauchte.

»Oh ... Herr Knode ... tja«, antwortete er mit traurigem Blick. »Der ist tödlich verunglückt. Auf dieser verdammten Bitburger.«

»Nein!« Mein entsetzter Blick wirkte garantiert glaubwürdig. »Das kann doch jetzt nicht wahr sein?!«

»Doch, doch. Da passieren immer wieder solche fürchterlichen Unfälle. Sehr traurig, er war ja noch jung.«

»Das ist wirklich fürchterlich! Und seine arme Frau! Wir wollten uns nach einigen Jahren mal wieder treffen. Er war ja für den Haushalt zuständig. Ich bin ein Experte auf diesem Gebiet und habe ihm angeboten, mal vorbeizuschauen.«

171

Der Pförtner kniff die Lippen zusammen und schüttelte den Knopf. »Ja, traurig, traurig. Wollen Sie vielleicht mit seinem Nachfolger sprechen«, fragte er. »Wolfgang Hermesdorf ist sehr kompetent. Vielleicht hat er Zeit.«

Ich nickte. »Ach … ja, warum nicht. Wo ich schon einmal da bin.«

Alte Bekannte des verstorbenen Herrn Knode konnte man unmöglich unverrichteter Dinge wieder wegschicken. Ein kurzes Telefonat und mir wurde die Nummer des Büros mitgeteilt sowie der Weg dorthin beschrieben.

Knodes Nachfolger begrüßte mich freundlich. Er hatte ein breites, sympathisches Lächeln. Er war etwa einen Kopf kleiner als ich und wirkte ausgesprochen sportlich. Nur seine ansetzende Glatze ließ ihn etwas älter erscheinen, als er wahrscheinlich war. »Nehmen Sie doch Platz, Herr …?«

»Dennings.«

»Herr Dennings. Freut mich, Sie kennenzulernen. Wobei der Anlass ja nicht gerade freudig ist. Sie wollten eigentlich meinen verstorbenen Kollegen besuchen. Kann ich Ihnen vielleicht weiterhelfen?«

»Ach …«, ich kratzte nachdenklich mein Kinn, »wir wollten uns über Haushalt und Verwaltungsorganisation unterhalten, Kameralistik, Kosten-, Leistungsrechnung, Aufgabenverteilung und solche Dinge. Externe und interne Rechnungsprüfung.«

»Innenrevision«, warf Hermesdorf ein.

»Ja, auch.«

»Und?«

»Sie ist ja überall anders organisiert, die Innenrevision. Manchmal wird sie sehr stiefmütterlich behandelt.«

»Das ist richtig«, bestätigte Hermesdorf. »In der Leistungsverwaltung ist sie meiner Meinung nach sehr gut aufgestellt. Das versteht sich irgendwo auch von selbst. Verwaltungsakte, Bescheide müssen stimmen, bevor sie an Dritte gehen. Finanzverwaltung, Renten- und Unfallversicherung, Arbeitsagenturen. Bei Behörden, die weniger Außenwirkung haben oder weniger Geld auskehren, ist das anders.«

»Genau. Deshalb meinte Jan, Entschuldigung Herr Knode, auch, dass sein Referat personell nicht ausreichend ausgestattet sei, um all die Aufgaben, die hier anfallen, zu hundert Prozent ausführen zu können.«

»Da ist was dran«, sagte Hermesdorf und zog die Augenbrauen hoch. »Wir haben hier schon ziemlich viele Zuständigkeiten.«

Ich stand auf und schaute auf mein Handy. »Eine SMS«, täuschte ich vor, suchte Nathalies Kontakt und ließ ihr Telefon dreimal klingeln. »Die Zeit rennt. Herr Hermesdorf, ich danke Ihnen für Ihr Gespräch.«

»Sehr gerne.«

»Ich war Gastdozent an der Verwaltungshochschule in Speyer. Dort habe ich Jan Knode kennengelernt. Sehr, sehr eifrig, ein heller Kopf. Und verbissen. Das Thema Innenrevision, für viele einfach nur ein lästiges Muss, hatte ihn brennend interessiert. Im weitesten Sinne gehört zu dem Themengebiet auch der Tatbestand der Bestechung.«

Hermesdorf lachte. »Sicher. Deswegen war er hier auch goldrichtig. Wir sind in diesem Referat auch für Korruptionsprävention zuständig. Herr Knode war Korruptionsbeauftragter.«

Ich reichte Hermesdorf zum Abschied die Hand.

»Na, da hatte er hier bestimmt nicht viel zu tun.«

»Gott sei Dank, Herr Dennings! Wir achten sehr genau darauf, dass öffentliche Aufträge nicht angreifbar sind und das Vergaberecht korrekt angewandt wird. Also, auf Wiedersehen und alles Gute.«

* * *

Nathalie hatte wie erwartet ganze Arbeit geleistet. Wer hätte
ihr auch widerstehen können? Stocks Büro lag ein Stockwerk
höher, etwas größer als das von Hermesdorf. Behördenhier-
archie schlug sich deutlich sichtbar in der Quadratmeterzahl
und in der Ausstattung eines Büros nieder. Hatte Hermesdorf lediglich einen Besucherstuhl, befand sich bei Stock eine
verhältnismäßig gemütliche Sitzecke mit einem runden
Holztisch und drei schicken Bürostühlen. Tizio, die Schreib-
tischlampe, thronte neben der Computertastatur. Natürlich
fehlte auch nicht das obligatorische Beamtenkraut, die Grün-
lilie, die sich wacker neben Akten, Büroausstattung und
Schreibutensilien behauptete. *Erwin Stock, Referatsleiter, Ver-
gabeprüfstelle.* Hier war ich richtig. Sie hatte alle Geschütze
aufgefahren. Nicht anders konnte ich mir erklären, dass er
weder sein Büro verschlossen noch sein Handy mitgenom-
men hatte, das ich in einer Schreibtischschublade fand. Ich
notierte die zuletzt angewählten Rufnummern, Kontakte und
eingegangen Anrufe. Der Aktenschrank war mit Ordnern
gefüllt, die mit hieroglyphenartigen Geschäftszeichen versehen waren. Hin und wieder auch ein Stichwort. Da, *Ramstein!*
Ich zückte den Ordner, vorbildlich geführt mit Inhaltsangabe
und alphabetischem Register. Unter *V* ein mehrseitiger Ver-
gabevermerk. Moderne Technik. Wie froh war ich jetzt mit
meinem schicken Smartphone! Ich fotografierte jede Seite des
Vermerks. Genug Arbeit für ein paar Stunden hatte ich ange-
sammelt. Nun galt es, Nathalie aus einer unangenehmen
Situation zu befreien. Wie vereinbart rief ich sie an. Stock
tischte sie auf, dass sie fast einen Termin vergessen habe und
dringend weg müsse. Man treffe sich wieder.

* * *

Später saßen wir im *Coyote* am Nikolaus-Koch-Platz und aßen Tex-Mex, tranken Caipirinha, für meine Begriffe viel zu süß, aber ich wollte kein Spielverderber sein. Mich dürstete nach einem trockenen Bordeaux.

»Wie halten die Mädchen das nur durch?«

Mit Mädchen meinte Nathalie Prostituierte.

Ich griff nach einem Stück Quesadilla. »Berufsethos.«

»Ja ja. Alles nur ein Job«, blaffte sie. »Aber Sie hatten recht. Leider. Stock ist sofort auf mich angesprungen. Fehlte nur noch, dass er anfing zu sabbern, als ich sein Büro betrat. Als ich ihm sagte, dass ich eine gute Bekannte von Sonja aus dem *Scheherazade* sei und meinen Service auch außer Hause anbiete, war er Feuer und Flamme. Ich musste ihn nicht mal fragen, ob wir irgendwo anders hingehen. Er selbst schlug es vor. Ein Café in der Nähe. Dann fing der Kerl an, meine Beine zu streicheln. Wie gut, dass sich so viele Touristen um uns herum tummelten!«

Ich war sofort eifersüchtig. So weit war ich noch nicht vorgedrungen.

»Sorry, Nathalie. Eine blöde Finte. Aber ich musste unbehelligt in sein Büro.«

Sie nippte an ihrem Caipi. »Das habe ich schon verstanden, Boss. Aber eines sage ich Ihnen: Dafür will ich Schmerzensgeld! So, jetzt würde ich gerne zurück ins Hotel und möglichst schnell raus aus dem Fummel.«

»Och.« Ich mokierte mich über ihre künstliche Aufgeregtheit. Schließlich war sie kein hinterwäldlerisches Mauerblümchen.

»Pfff«, quittierte sie meine Blicke und stand auf. »Und?«

»Hier«, ich reichte ihr meine Autoschlüssel. »Sie wissen ja, wo der Wagen steht. Ich mache einen Spaziergang zum Kurfürstlichen Palais, um mich zu vergewissern, ob Stocks Hormonhaushalt wieder ein gesundes Gleichgewicht erreicht hat. Wir sehen uns später im Hotel.«

Nathalie schüttelte nur den Kopf und stellte keine weiteren Rückfragen.

Ich zahlte und verließ die Kneipe. Zigarette im Mundwinkel, Hände in den Manteltaschen marschierte ich über den Kornmarkt Richtung ADD. Bevor der letzte Vorhang fallen sollte, wollte ich mir ein Bild von Stock machen, ein ganz persönliches. Ich konnte die Schäfchen meiner verkommenen Herde ganz gut einschätzen. Staudt junior? Ein Pfau, der sich die Finger nie selbst schmutzig machen würde. Sein Daddy? Ein gestandenes Mannsbild mit dem Rücken zur Wand, aber unfähig, in den Angriffsmodus zu schalten. Vanden Broucke war mein neuer Auftraggeber, aufbrausend, doch ich hatte sein Mütchen kühlen können, und er folgte meinen Anweisungen. Ein ganz anderes Kaliber war Fleig. Genauso schön wie sein Freund, aber der Mann fürs Grobe. Und nun Stock. Mittlerweile kannte ich die Behörde. Ein selbstbewusstes Auftreten meinerseits würde die Pforte davor abschrecken, mich nach dem Grund meines erneuten Besuchs zu fragen. Schnurstracks suchte ich das Büro von Stock auf und klopfte an.

»Ja? Bitte?«, hörte ich die Aufforderung einzutreten.

»Hallo, Herr Stock. Ach, sie ist nicht mehr da!«

Stock schaute mich entgeistert an. »Entschuldigung. Wer ist nicht mehr da? Wer sind Sie?« Er blätterte hastig in seinem Tischkalender. »Wir hatten doch keinen Termin, oder?«

Ich grinste ihn vielsagend an. »Nein, nicht ich. Meine charmante Begleitung hatte einen mit Ihnen. Und jetzt kann ich die Maus nicht mehr finden?«

Stock lief rot an. »Können Sie bitte die Tür schließen, Herr …?«

176

Ich schloss die Tür, aber gab ihm keinen Namen. Nicht einmal ein vorsichtiger Versuch, mich hochkantig rauszuschmeißen. Ein libidinöses Weichei.

»Hier ist niemand.«

»Das sehe ich, Herr Stock.« Ich lehnte mich auf seinen Schreibtisch und fixierte seine dackelbraunen Augen. »Sie haben sich aber mit meiner Mitarbeiterin getroffen, oder?«

»Wenn … wenn«, begann er zu stottern, »Sie … Sie das hübsche Mädchen meinen … ja …«

Ich richtete mich auf und verschränkte die Arme. »Genau. Eine geile Schnitte, was?«

Stock schwitzte. Unter den Achseln wurde sein hellblaues Hemd dunkel. Er schien zu ahnen, was nun kam.

»Sie haben auch bezahlt, Freundchen?«

»Ihren Kaffee«, antwortete er und schluckte. »Natürlich.«

»Oha, Sie sind ein schwerer Fall. Ein ganz schwerer«, sagte ich und schüttelte theatralisch den Kopf. »Das sind mir wirklich die liebsten. So tun, als wäre nichts gewesen und einem der teuersten Escorthasen die Zeit rauben und sie begrapschen. Das ist nicht gut. Das ist gar nicht gut.«

»Ich habe … nichts …«

»Schnauze, Fury! Genug Zeit verplempert. Zweihundert. Ein Mann wie du, mit teurem Hobby, das reichlich Bares erfordert, sollte das ohne Probleme berappen können.«

Stock atmete schnell. Er hatte Angst, sein wild schlagendes Herz schnürte ihm die Kehle zu. Er griff nach seinem Geldbeutel, kramte ein paar Scheine hervor und reichte sie mir zitternd rüber. Fast bettelte er: „Einhundertsiebzig … reicht das … ich habe jetzt nicht mehr … und …"

Langsam zählte ich nach. Ich konnte ihm nicht verzeihen, dass er Nathalies Beine gestreichelt hatte. »Okay, Herr Stock. Ich bin ein Gentleman und kein Abzocker. Das reicht. Und wenn ich Ihnen einen Tipp geben darf. Erst verhandeln, bevor Sie zur Sache gehen. Merken Sie sich das?«

Er wollte nur noch, dass ich das Büro verließ, hörte nicht auf zu nicken, bis ich außer Reichweite war. Eine Pfeife. Immerhin, ein Hunderter Schmerzensgeld für Nathalie, der Rest für mich und die Gewissheit, dass Stock im Ernstfall die Hände nach oben recken würde, bevor die Aufforderung »Hände hoch« fiel.

Vor allen Dingen war es das Wiedersehen mit Fleig, das am schwersten zu kalkulieren war. Samy aus dem *Fireplace*, Vollstrecker oder Anstifter der Morde, oder beides.

Welcome back my friends, to the show that never ends …

15. Kapitel

Showdown. Zeit für ein Tänzchen. *Rumble in the jungle.* Nicht in Kinshasa, sondern in Sirzenich. Der Gegner? Nicht das Format eines George Foreman, aber unberechenbar. Einer, der Blut geleckt hat, der sämtliche Skrupel ausgeschaltet und nicht viel zu verlieren hat. Und ich? Cassius Clay? Hin und wieder ein Großmaul, bestimmt, das gehörte zum Geschäft. Schlagkräftig? Ja, solange es der Gegner zuließ. Schneller als der Kontrahent? Ihn verwirrend durch leichtfüßiges Tänzeln, den Gegenschlag antizipierend, provozierend mit einem gorillaähnlichen Imponiergehabe? Cassius Clay wusste, wie man seine Gegner auf die Palme bringt, sie reizt und zu Fehlern zwingt. Keine schlechten Eigenschaften für einen Privaten. Mit offenem Visier kämpfend? Definitiv nein. Zwar fehlten mir Ruhm und Wohlstand, aber meine Gesundheit hatte ich mir in all den Jahren trotz einiger Blessuren weitestgehend bewahrt. Jedenfalls hatten sich berufsbedingte Spätfolgen noch nicht manifestiert. Alkohol- und Zigarettenkonsum fielen nicht unter die gleiche Rubrik. Sie hatten nichts mit meinem Job zu tun. Nein, kein offenes Visier, kein folgenschwerer Dauerbeschuss meiner Birne. Dem Gegner immer einen Schritt voraus sein, ihn auf Distanz halten. Und absichern. Meine Versicherung lag entsichert im Handschuhfach.

Den Zeitpunkt hatte ich gewählt. Den Ort. Die Teilnehmer. Wie klug es war, ein Finale zu inszenieren, das eines Hercule Poirot oder einer Miss Marple würdig schien, konnte ich nicht einschätzen. Es reizte mich ungemein, die feine Gesellschaft vereint im Staudt'schen Heim anzutreffen, auf mein Geheiß, verdutzt und verunsichert, dennoch beseelt von einem Hoffnungsschimmer, denn Dennings war nicht die Polizei. Ich konnte darauf wetten, dass unser Stelldichein nicht besonders harmonisch und konfliktfrei bei Kaffee, Tee und Konfekt enden sollte. Mein doppelter Boden? Nathalie. Eine halbe Stunde wollte ich mir gönnen. Für acht Uhr abends hatte ich einberufen, Nathalie sollte Roller zwanzig nach acht hierher schicken. Dennings macht Scherereien. Irgendetwas, das ihn und seine Kollegen dazu brachte, ihren Feierabend zu unterbrechen und Sirzenich anzusteuern. Ein Jammer, dass ich Staudt seniors Gesicht nicht sehen konnte, wenn nach und nach sein Sohnemann, Fleig, Stock und Vanden Broucke eintrudelten. Letzteren hatte ich persönlich gebeten, dem Termin beizuwohnen. Die anderen drei ließ ich anonym von Jeff anrufen. Ein wichtiges Meeting bei Ihrem Vater, bei Herrn Staudt. Er wisse noch nichts davon. Nein, mehr könne er nicht sagen. Das Ganze sei vertraulich.

Meinen Wagen hatte ich am späten Nachmittag bereits einige Hundert Meter von Staudts Haus entfernt geparkt. Gegen halb acht steckte ich meine Waffe in die Seitentasche meines Regenmantels. Im Herbst ließen sich Waffen eindeutig leichter verstecken. Es war bereits dunkel, der Jahreszeit angemessen, der Himmel bewölkt. Ich suchte Schutz hinter einem Gartenschuppen eines der Nachbarhäuser und beobachtete das Treiben bei Staudt. Die Rollläden waren noch nicht heruntergelassen, und Licht brannte im Wohnzimmer. Ein Fahrzeug mit Berliner Kennzeichen stand vor dem Haus. Staudt junior. Ich hatte erwartet, dass er der Erste sein würde. Sein Vater ging auf und ab, die Mutter schüttelte den Kopf, während Michael Staudt, die Hände in die Hüften gestemmt, unruhig nach allen Seiten schaute. Ein Fahrzeug mit belgischen Kennzeichen. Vanden Broucke. Der Hausherr öffnete ihm die Tür, über-

180

rascht, aber er bat ihn hinein. Zehn weitere Minuten vergingen, bis Stock kam. Die wenigen Stufen zur Klingel
nahm er im Stechschritt, wohl eine seinen Bordellbesuchen
geschuldete Gewohnheit. Die Tür schloss sich hinter ihm.
Frau Staudt grüßte ihn herzlich, Vanden Broucke betrachtete ihn mit versteinerter Miene, Staudt junior bewegte
sich auf den runden Teewagen mit den Spirituosen zu und
goss sich einen Cognac aus, die guten Manieren und die
unerwarteten Gäste vollständig ignorierend.

Fleig war der Letzte. Fünf vor acht. Dass er wie ich einen
Regenmantel trug, sonst wahrscheinlich eher nicht seine
bevorzugte Kleidung, überraschte mich nicht. Er war sicher-
lich bewaffnet. Unser Mann fürs Grobe. Ich packte in die
Tasche und fuhr vorsichtig über den kalten Stahl meiner Pistole. Ich rauchte eine letzte Zigarette und betrachtete die
Anordnung im Wohnzimmer. Staudt junior am Teewagen
neben der Terrassentür, Fleig am Fenster zur Straße, Vanden
Broucke auf dem Sofa, vertieft auf das Display seines Smart-
phones starrend. Staudt senior und Stock fuchtelten nervös
mit den Armen, während die Dame des Hauses in die Küche
verschwand. Die Rollläden wurden heruntergelassen. Ruhe.
Absolute Stille.

Ich ging zum Haus. Plötzlich fiel ein Schuss. Ein kurzer
Aufschrei von Frau Staudt. Ein weiterer Schuss. Mist, ich
hatte mich verkalkuliert! Ich zog meine Waffe aus der Tasche,
lief die letzten Meter und trommelte mit der linken Faust
gegen die Tür. Ein kreidebleicher Staudt senior öffnete sie.
Ich stieß ihn zur Seite und stürmte mit vorgehaltener Waffe
das Wohnzimmer. Vanden Broucke und Frau Staudt lagen
regungslos auf dem Boden, Stock zitterte wie Espenlaub,
Staudt junior, gefasst, reckte die Arme nach oben. Von Fleig
war nichts zu sehen, und die Tür zur Terrasse war offen.

Erstaunlich ruhig ergriff der Junior als Erster das Wort. »Meine Mutter. Sie ist ohnmächtig, Herr Dennings. Kann ich ihr helfen?«

Ich postierte mich so, dass ich alle im Blick hatte, einschließlich Terrassentür.

»Bitte«, antwortete ich. »Helfen Sie ihr. Was ist passiert?«

»Samy, er ist durchgedreht. Er hat die Nerven verloren. Ein Jammer.« Er hievte seine Mutter auf die Couch. Seine ruhige Stimme, diese unerträgliche Selbstsicherheit irritierten mich.

Ermutigt ergriff nun auch das Familienoberhaupt das Wort. »Ein Streit. Ein kleiner Streit unter Geschäftspartnern, der ausgeartet ist. Samuel Fleig hat auf Herrn Vanden Broucke geschossen.«

»Und dann?«, fragte ich.

»Ist er geflohen«, meinte der Sohn.

Stock schwieg weiter. Schweiß stand auf seiner Stirn.

»Es fielen zwei Schüsse, Staudt«, bemerkte ich.

»Tatsächlich?«

»Ja, tatsächlich, Junge. Und weißt du, was ich denke? Dein Freund ist ein Bauernopfer, Arschloch! Knode weg, Hesse weg, Vanden Broucke. Und Samy hat die Nerven verloren? Ach! Wo ist er, Freundchen? Habt Ihr ihn so schnell in den Garten geschleppt?« Ich bewegte mich auf ihn zu, packte ihn am Kragen und drückte ihm die Waffe an den Hals.

Er grinste nur. »Uh … ah …«

Eine Finte, na klar! Aber anders als ich sie gedeutet hatte.

Vanden Broucke stöhnte und regte sich. Ich hätte gleich das fehlende Blut auf dem Fußboden bemerken müssen, egal wo der Schuss in den Körper eingedrungen war. Ich drehte mich um. Im linken Augenwinkel sah ich, wie sich Fleig mit einem Messer auf mich stürzte. Ich ließ mich auf den Boden fallen, um dem Angriff auszuweichen und schoss. Fleig schrie auf, fiel neben mich, ließ das Messer fallen und griff an seine Schulter.

Stock war der Situation nicht gewachsen. Der Harndrang übermannte ihn, seine beigefarbene Hose nahm ein dunkles Braun an.

Ich war wieder Herr über das Geschehen, richtete mich auf und hatte nun alle Protagonisten im Visier. »Das hätten wir auch einfacher haben können«, schnaufte ich, machte einen Satz zu Staudt und schlug ihm mit dem Knauf meiner Waffe das süffisante Lächeln aus dem Gesicht.

Sein Vater ließ sich resigniert neben seine Frau auf das Sofa fallen.

»Wie bei den Beduinen.« Staudt, Fleig und Vanden Broucke lagen auf dem Boden, der Senior konsterniert neben seiner Frau auf der Couch, Stock hielt sich am Türrahmen fest. Ich schenkte mir ein Glas Rémy ein, kippte es runter und holte meine Zigaretten aus der Jacke.

»Stört Sie doch nicht, oder?«, fragte ich in die Runde und zündete eine Zigarette an. Ein zweiter Rémy und ein Blick auf die Uhr später hob ich zu meinem Schlussplädoyer an. »Der Zweck heiligt die Mittel, hm, Herr Staudt? Und wirklich weh tun Sie doch niemandem. Die öffentliche Hand ist großzügig, wenn man sie erst einmal ergreifen kann. So viel Glas, so transparent, so viele Gebäude und nur wenige Konkurrenten. Trotzdem, man muss sich schon strecken, man bekommt nichts geschenkt. Mechanismen, die den Wettbewerb fördern und den Gewinn schmälern, trüben die Freude. Richtig? Aber, und jetzt bemühe ich den Allmächtigen, Gott sei Dank sind wir alle nur Menschen. Hm, Herr Stock?«

Frau Staudt kam zu Bewusstsein. Die Augen halb geöffnet hörte sie aufmerksam zu.

»Nur, Menschen und das Fleisch sind schwach. Wir Männer kennen das nur allzu gut. Vergnügen ist teuer, für Staatsdiener ganz besonders. Was kann einem da Besseres widerfahren als ein großzügiger Freund.«

»Kommen Sie zur Sache, Dennings!« Der Junior hatte sich aufgerappelt und riskierte schon wieder eine dicke Lippe. »Wenn das alles ist, was Sie hier zum Besten geben, gehen wir jetzt alle nach Hause und vergessen dieses peinliche Intermezzo.«

»Ein peinliches Intermezzo? Nein, nein, ich rede von Mord, kleiner Scheißer. Nicht dieser Mordversuch an mir, eigentlich ganz nett inszeniert. Was hättet ihr eigentlich mit Vanden Broucke gemacht? Egal, halten wir uns lieber an die Fakten, einverstanden?«

»Fakten«, wiederholte Staudt spöttisch, »da bin ich aber gespannt.«

»Du hältst dich für clever, Bursche? Deine Arroganz wird dir noch vergehen, wenn du den Duschraum mit ein paar bulligen, ausgehungerten Zellengenossen teilen wirst. Okay, es war clever, einen Berliner Detektiv anzuheuern, um herauszufinden, was deinen Vater beschäftigt. Weniger clever war, ausgerechnet mich zu engagieren. ›Wes Brot ich ess, des Lied ich sing‹ ist meine Devise, aber verarschen lasse ich mich trotzdem nicht. Bin eben ein bisschen ehrpusselig. Also, rekapitulieren wir.« Ich schenkte mir einen weiteren Rémy ein. »Erwin Stock hat ein wichtiges Amt inne. Als Referatsleiter in der ADD ist er unter anderem hauptverantwortlich für die ordnungsgemäße Vergabe öffentlicher Aufträge. Dann gibt es in der gleichen Behörde einen strebsamen, jungen Beamten, Jan Knode, zuständig für Haushalt und Korruptionsprävention. Seit wann er den Verdacht hegt, dass Stock befreundeten Unternehmern schon mal zu lukrativen Aufträ-

184

gen verhilft, indem er ihnen nach Sichtung der ersten Angebote ermöglicht, ein neues, rückdatiertes Angebot vorzulegen, werden wir wohl nie erfahren. Fakt ist, dass Knode einen Ermittler beauftragt, Stock eine Weile zu beschatten, mit dem Ziel, dessen unangebrachte Nähe zu Firmenbossen aufzudecken. Per se ist es ja nicht verwerflich, wenn ein Beamter mit Unternehmern befreundet ist, gerade in einer Gegend, in der man sich eben kennt, wenn man von Geburt an dort lebt. Aber bei bezahlten Puffbesuchen und ähnlichen Gefälligkeiten in zeitlicher Nähe zu einer Vergabeentscheidung lässt sich über eine derart enge Beziehung trefflich streiten. Also, Knode heuert Hesse an. Nicht Sie, Herr Staudt, sind das Zielobjekt, sondern Stock. Nun kostet ein Privatdetektiv Geld. Ich kenne Hesses Sätze nicht, aber eine ganztägige Beschattung über einen längeren Zeitraum zahlt man nicht eben aus der Portokasse. Knodes Konto sieht man das nicht an. Warum? Weil er mit Vanden Broucke in Verbindung steht, der einmal zu oft seinem Konkurrenten unterliegt und ebenfalls Bestechung wittert. Also stellt er das Geld für das Engagement Hesses zur Verfügung. Wer weiß, ob Knode nicht ein bisschen davon abgezwackt hat. Aber auch das schert uns jetzt nicht. Noch ist nicht viel passiert. Bestechung, okay, in einem Maß, dass es für überregionale Nachrichten höchstens zu einer Randnotiz gereicht hätte. Nein, richtig spannend wird es, als Knode Stock mit seinem Verdacht konfrontiert. Stock weiß sich nicht zu helfen und offenbart sich seinem Gönner. Der wiederum berät sich mit seinem Sohn und dessen Freund Samuel.«

Fleig warf mir giftige Blicke zu. Trotz seiner Wunde wirkte er hellwach und angriffslustig.

»Hm, Samy, wir kennen uns, nicht wahr? Die Welt ist doch so klein.«

»Wichser«, zischte er.

»Das *Fireplace*. So testosterongeladen wie du bist, reicht ein Lover nicht. Und ab und zu ein Mädchen ist auch eine willkommene Abwechslung.«

»Was meinst du?«

»Nathalie, meine Sekretärin. Aber sie steht nicht auf eure perversen Spielchen.«

»Hat sie Ihnen das erzählt?«, fragte Staudt junior verwundert.

»Idiot«, raunzte ihn Fleig an. »Der Typ, dem ich eine verpasst habe.«

»Klug kombiniert, Fleig. Mein Mitarbeiter sollte sich ein wenig um Nathalie kümmern. Manchmal ist er etwas ungeschickt. Wollen wir fortfahren? Du bist Stuntman, Samy. Respekt. Und du bist es wahrscheinlich, der die zündende Idee hat. Ein Unfall auf der Bitburger könnte euer Problem lösen. Unfälle auf dieser Bundesstraße sind über jeden Verdacht erhaben. Ihr bittet Knode zu einem klärenden Gespräch nach Bitburg. Wo haben Sie ihn hinbestellt, Herr Staudt? Ins *Scheherazade*? Irgendeine Gaststätte? Das spielt keine Rolle. Auf dem Rückweg nach Trier schlägt deine große Stunde, Samy. Bravourös stellst du dein fahrerisches Können unter Beweis, drängst mit deinem weißen BMW Knode von der Fahrbahn, der den Unfall nicht überlebt. Ein Unfall. Die weißen Lackspuren wecken keinen Verdacht, denn wenige Stunden zuvor ist Knode auf dem Parkplatz ein weißes Auto in die Seite gefahren. Fahrfehler also auf der Bitburger, der keine polizeilichen Ermittlungen nach sich zieht. Sehr schön. Bis auf ein Detail, das meinem Kollegen Hesse auffällt. Hut ab vor diesem kleinen Stinker. Es muss ihn gewurmt haben, dass sein Auftraggeber verschieden war, und er ging der Sache nach. Als Erster stellt er feste, dass die weißen Lackspuren auf dem Autowrack nicht allein auf den fingierten Parkplatzunfall zurückzuführen sein konnten. Sein Problem: Seine Gier war größer als sein Verstand. Er versuchte es mit Erpressung. Ein Mord mehr oder weniger macht den Kohl nicht fett. Richtig, Fleig? Und wie es sich für einen einfallsreichen Stuntman aus Babelsberg gehört, wird ein lupenreiner Selbstmord inszeniert. Mit Abschiedsbrief. Du solltest dich als Drehbuchautor versuchen. Aller guten Dinge sind drei. Nun darf Thieken ran, ein Martial-Arts-Kämpfer, der gelegentlich für dich in den Filmstudios arbeitet und sich für nichts zu schade ist. Ihr hattet nicht damit gerechnet, dass ich weiter ermittle. Als ich dich wegen des Unfalls auf dem Parkplatz anrufe, schrillen alle Alarmglocken. Auch ich muss weg. Vielleicht auch Sonja, die einfach zu oft mit mir zusammen ist und außerdem einiges über die Vorlieben der Herren Staudt und Stock erzählen könnte.«

Stock senkte den Kopf und fing an zu schluchzen. Frau Staudt schaute ungläubig auf ihren Mann.

»Du gehst zu den Nutten?«, fragte sie und stand auf. »Du gehst zu den Nutten, du Schwein!« Sie kniff die Lippen zusammen und verpasste ihrem Mann eine Ohrfeige.

Reflexartig erwiderte er den Schlag mit einer wuchtigen Rechten.

»Papa!«, schrie der Junior, als er seine Mutter fallen sah. Er sprang auf seinen Vater und landete einen Kinnhaken.

Stock schluchzte nur. Vanden Broucke saß benommen im Schneidersitz auf dem Boden und rieb sich den Hinterkopf. Ich hielt Fleig mit der Waffe in Schach und verfolgte fassungslos das biblische Drama. Ich war heilfroh, als Roller und seine Kollegen eintrafen. Es klopfte wild an der Tür, die Klingel läutete Sturm.

»Aufmachen! Polizei! Aufmachen!«

16. Kapitel

Nathalie reichte mir einen frisch gebrühten Kaffee. Der erste an diesem fürchterlich grauen Morgen in Berlin. Im Hintergrund liefen The Rides, Stephen Stills mit neuer Formation. Dass er Blues konnte, hatte er schon auf vielen Scheiben bewiesen. Hier tobte er sich wieder richtig aus. Ein Song seines alten Kumpels Neil durfte natürlich nicht fehlen. Echte Liebe gibt es nur unter Männern. Wer diesen dämlichen Spruch wohl erfunden hatte?

»Und Roller ist Ihnen wirklich dankbar, Chef?«

»Ich bitte Sie, Nathalie. Wer serviert einem Kriminalbeamten schon vier Kriminelle auf dem Silbertablett? Vater und Sohn Staudt, Erwin Stock und Samuel Fleig. Sicher, die Staatsanwaltschaft wird noch etwas Arbeit haben. Ausreichend Indizien liegen vor, aber es wird schwer nachzuweisen sein, dass nicht nur Fleig und sein toter Kumpel Thieken des Mordes schuldig sind, sondern die anderen drei zumindest Auftraggeber und Anstifter. Den Tatbestand der Korruption wird man leicht nachweisen können. Stock war unvorsichtig und hat das erste Angebot nicht vernichtet. Vielleicht um seinen Anspruch gegenüber Staudt besser untermauern zu können. Der Einblick in den Computer von Claudia Lunkenheimer war genauso aufschlussreich. Tja, armer Hesse. Dass er von Knode beauftragt worden war, schien mir ziemlich schnell klar, als ich dessen Telefonnummer in seinen Notizen fand. Und um auf Ihre Eingangsfrage zurückzukommen: Roller hat mir den Kopf gewaschen, klar. Ich bin haarscharf an einem Rendezvous mit dem Staatsanwalt vorbeigeschrammt.«

Nathalie nippte an ihrem Cappuccino.

»Und die Verbindung Staudt-Fleig war Ihnen auch schnell klar«, meinte sie ein wenig peinlich berührt.

»Keine Sorge, Nathalie, ich hatte einfach ein schlechtes Gefühl, als sich dieser Kerl an Sie ranschmiss. Ich hoffe, Sie tragen mir nicht nach, dass Jeff Sie … beschützte.«

»Beschattete«, korrigierte sie mich ohne Argwohn.

»D'accord, beschattete. Aber nur so konnte Jeff herausfinden, dass der Halter des Berliner Unfallwagens kein anderer war als der Freund von Staudt junior.«

Sie nickte lächelnd und stand auf. »So, dann werde ich mal schauen, was in den letzten Tagen so reingekommen ist. Viel Zeit haben wir ja jetzt nicht mehr.«

Ja, wie wahr. Der Kauf des Häuschens war abgeschlossen, Vierkorn organisierte die Renovierung. Drei Monate. Maximal vier. Den schneereichen Berliner Winter würden wir nur noch teilweise miterleben. Vanden Broucke hatte sich als honoriger Geschäftsmann erwiesen und mein Konto um ein stattliches Honorar bereichert. Neue Fenster für mein Häuschen an der Sauer würde ich bei ihm bestellen. Zum Freundschaftspreis.

Ich öffnete das Fenster. Bis auf ein paar Bauarbeiter, die sich an neuen Luxuswohnungen zu schaffen machten, war es ruhig in der Jägerstraße. Die Fassadenverkleidung lockte zahlungskräftige Kunden an. Gegen Mittag würde es wieder betriebsam werden, wenn die Beamten aus den benachbarten Liegenschaften in die Restaurants und Imbissbuden stürmen würden, auf den Markt am Hausvogteiplatz mit Knolli, dem Kartoffelspezialisten oder dem Asiaten, der seine preiswerten Nudelgerichte feilbot.

Ich hatte den Blues. Ich hatte ihn öfter nach einer komplizierten Gemengelage. Beruflich wie privat. Sonja? Sie war weit weg und arbeitete für ihren Traum. In der Horizontalen.

Und Katharina und ihr kleiner Leo? Unmöglich, nun nach Hamburg zu fahren, gerade jetzt, wo sie einen Vater für ihren Sohn gefunden hatte. Nathalie? Das verbot sich von selbst.

Ich packte meinen Mantel, verließ das Gebäude und streifte durch Mitte. Gendarmenmarkt, Potsdamer Platz, Friedrichstraße, die Galeries Lafayette. Hin und wieder, wenn die Füße vom Laufen schmerzten, setzte ich mich in ein Café. Irgendwann, und ich konnte mir nicht erklären warum, es dämmerte bereits und ich hatte den Tag mit Nichtstun verbracht, landete ich im *Fireplace*, der Schwulenkneipe. Ein alter Bekannter saß an der Theke. Erich. Ich setzte mich zu ihm.

»Na? Trinkst du einen Pastis mit mir?«

Er schaute mich verwundert an.

»Du? Lemmy Caution? Du bist doch gar nicht schwul!«, sagte er, immer noch beleidigt.

»Stimmt. Ganz bestimmt nicht. Aber Frauen will ich heute auch keine mehr sehen.«

»Okay, dann darfst du mich einladen. Und wie heißt du denn jetzt wirklich?«

»Castor. Castor L. Dennings. Stößchen.«

Erich seufzte. »Ach ja, das ist auch nicht viel einfallsreicher als Lemmy Caution. Egal, auf dein Wohl, Castor!«

Alex Ryber
DIE IM DUNKELN WARTEN

Taschenbuch, 208 Seiten
ISBN 978-3-95441-158-0
9,50 EURO

Sturm und Finsternis liegen über der Ostsee: Um Mitternacht entert ein Mann eine vor der Küste liegende Segelyacht und tötet den Besitzer auf grausame Weise. Danach wirft er die Leiche ins Meer, wo sie bald darauf einem Fischer ins Netz geht.
Bei der Suche nach dem Mörder stößt Kommissar Jan Adrian von der Rostocker Kriminalpolizei auf eine zerrüttete Familie, die alles andere als unglücklich über das Ableben des Mannes ist. Der Getötete war ein bekannter Finanzberater mit Kontakten ins Rotlichtmilieu, und auf seiner Yacht suchte er offenbar nicht nur Stille und Einsamkeit.
Die Ermittlungen führen den Einzelgänger Jan Adrian aber auch zu den Dämonen seiner eigenen Vergangenheit – vor allem, als er die Tochter des Ermordeten kennenlernt.

Eva Brhel
ABTSMOOR

Taschenbuch, 360 Seiten
ISBN 978-3-95441-164-1
9,95 EURO

Die Leiche ist übel zugerichtet, mit Hämatomen übersät, das Genick ist gebrochen. Aber die tote Olivia Walter war einmal sehr schön, denkt Hannah Henker, als sie frühmorgens im Abtsmoor die Ermittlungen ihres ersten Falls im Raum Karlsruhe aufnimmt.
Es sieht nicht gut aus für Hannah, die 43-jährige Kommissarin. Nicht nur, weil sie sich wegen einer Affäre mit dem frisch getrennten Staatsanwalt zur Kripo Karlsruhe hat versetzen lassen. Nicht nur, weil das alle Kollegen längst wissen. Hannah ist einfach nicht in Form.
Erste Nachforschungen führen sie und ihr Team zu einer Organisation für die Bekämpfung der Schnakenplage (KABS), für welche die junge Biologin Olivia gearbeitet hat. Der Ehemann, Hans Walter, war eifersüchtig und zudem fest davon überzeugt, dass Olivia einen Liebhaber hatte.
Hannah und ihr Team ermitteln in alle Richtungen und stoßen dabei auf vielfältige Spuren: An der Leiche finden sich Hinweise auf eine Sekte. Auch wird ein Mann, der bereits wegen Stalkings vorbestraft ist, bei seinen Streifzügen durch das Abtsmoor beobachtet. Und ein Nebenjob der getöteten jungen Frau führt zu einem ominösen Strukturvertrieb mit fragwürdigen Geschäftspraktiken.
Als eine weitere junge Frau ermordet wird, steigt der Druck auf die Ermittler enorm...